梨園家事演藝

冷风 著

SSAP
社会科学文献出版社
SOCIAL SCIENCES ACADEMIC PRESS (CHINA)

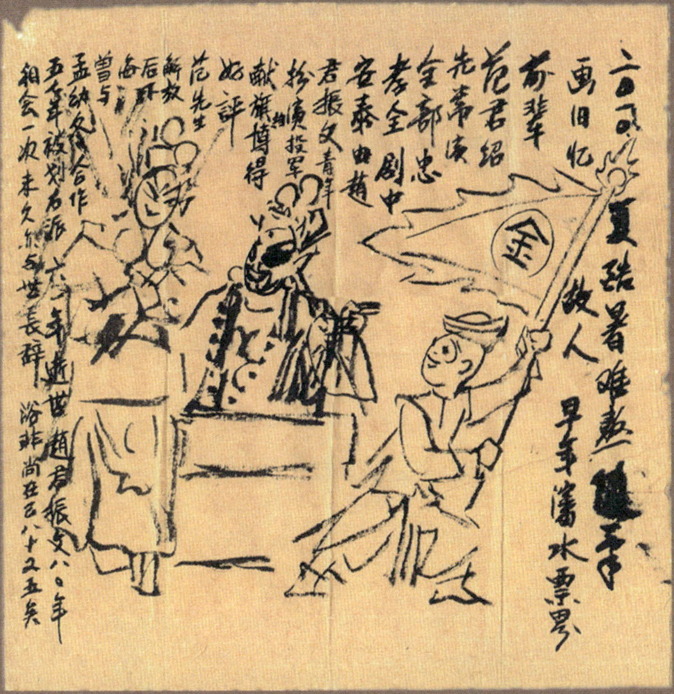
画旧忆
前辈
范君绍
先常演
全部忠
孝全剧中
安泰由赵
君振文青年
扮演投军
献旗博得
好评
范先生
解放
后赴
曾与
孟幼冬合作
五七年被划右派
相会一次未久亦与世长辞
全

李滨声画戏——跳加官

旧时戏曲重大演出的开场仪式中，均由道教神仙“天地水”三官中的“天官”首先跳跃上场，并向观众展开写有“天官赐福”“加官进禄“等吉祥贺辞的条幅，故俗称这一暖场形式为“跳加官”。

问李滨声在绘画与京剧中更喜欢哪行，他毫不犹豫地回答："京剧"。

三岁会唱"孤王酒醉桃花宫"；十四岁进入票房；二十二岁在北平的京剧大舞台主演而一唱成名；七十岁开个人京剧专场演出；八十岁坐镇央视戏曲频道讲绝活；直到九十岁时还在扎着行头指导专业戏曲科班的后生们排演全本《罗成》…… 李滨声的人生轨迹与京剧紧紧地联在一起。

因为京剧，他来到北京；因为京剧，他喜欢画画；因为京剧，他受过批判；因为京剧，他上过春晚……

他给自己取名"梨园客"，表达的是心里那一份对京剧的不舍和情感。

对于九十岁的李滨声来说，京戏已经成为他生活中最不可分离的一部分，毕竟他与京戏结缘已经近九十年。

可以毫不客气地说，李滨声是目前这个世界上与京戏结缘最久、唱得时间最长、而且可以反串角色最多的一位京戏传承者，虽然他从来都不是梨园中人。

但他却是中国迄今健在的惟一进过传统票房的真正票友，是一位既能唱京戏也能演京戏还能讲京戏亦能画京戏的跨界奇人！

Made in Beijing

目录

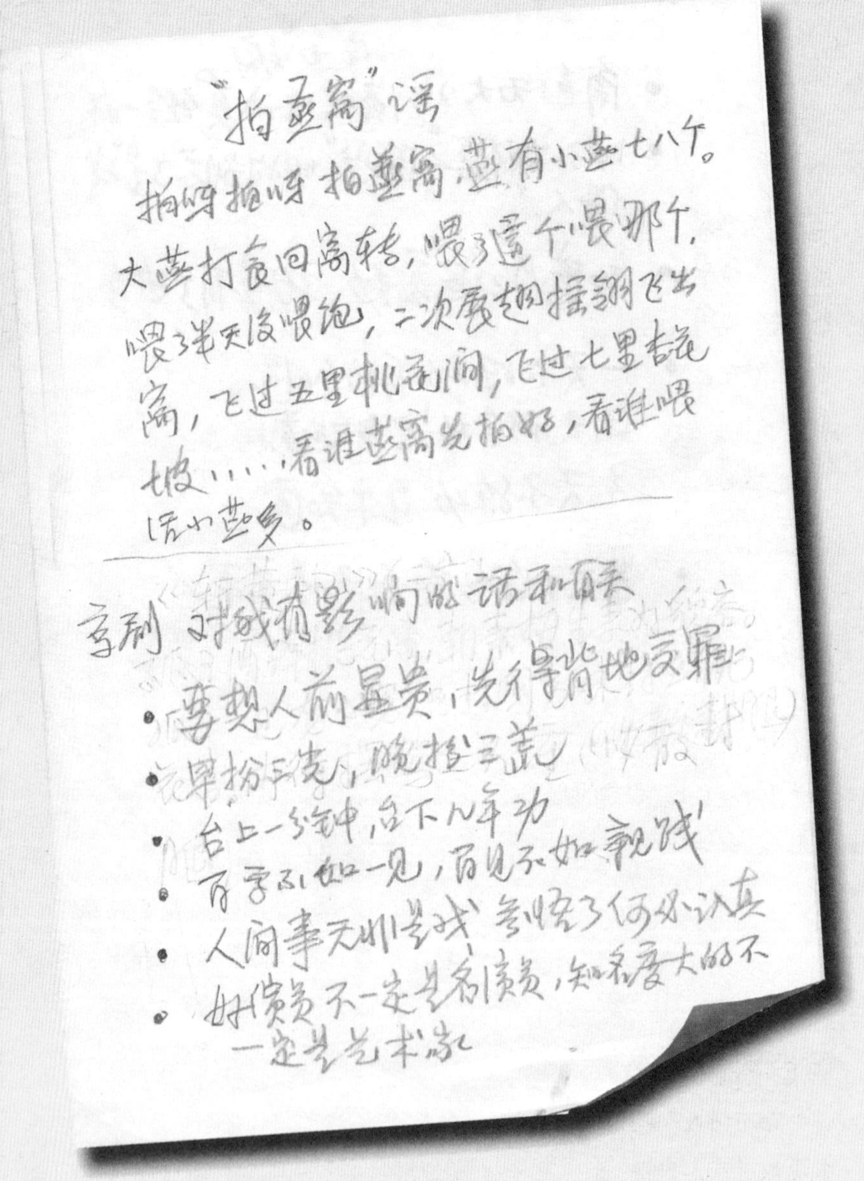
"拍燕窝"谣
拍呀拍呀拍燕窝，燕有小燕七八个。
大燕打食回窝转，喂了这个喂那个，
喂了半天没喂饱，二次展翅摇翎飞出
窝，飞过五里桃花涧，飞过七里杏花
坡……看谁燕窝先拍好，看谁喂
饱小燕多。

京剧 对我有影响的话和俗语
• 要想人前显贵，必得背地受罪
• 早扮三光，晚扮三慌
• 台上一分钟，台下十年功
• 百闻不如一见，百见不如亲践
• 人间事无非是戏，参悟了何必认真
• 好演员不一定是名演员，知名度大的不一定是艺术家

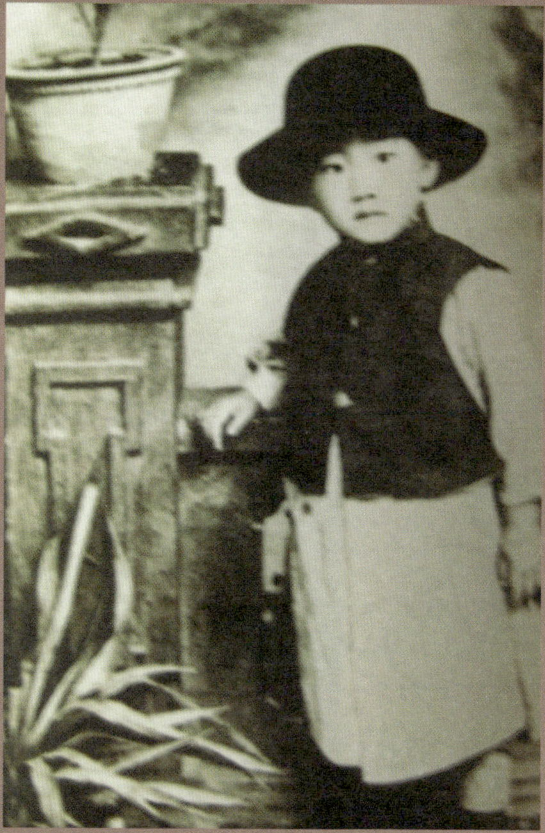

三岁时的李滨声

与戏结缘

1925—1939

◎ 三岁模仿刘鸿声

◎ 四岁成为戏园常客

◎ 六岁登台演《宝莲灯》

◎ “大花脸”诱发了他画戏的兴趣

【说俗解戏】

拍燕窝：“拍呀拍呀拍燕窝，燕有小燕七八个。大燕打食回窝转，喂了这个喂那个。喂了半天没喂饱，二次展翅飞出窝。飞过五里桃花涧，飞过七里杏花坡……看谁燕窝先拍好，看谁喂活小燕多。”拍燕窝是20世纪二三十年代城市中最常见的一种孩童游戏，只有被雨浸过又被太阳烘晒过散发出淡淡潮气的沙子才适宜拍燕窝，但是要真正拍出一个好燕窝并不容易。

秋后的沈阳街上已经能见到穿薄棉袍子的行人了。雨霁，天边出现一道彩虹，像变戏法一样，一顿饭的功夫阳光即把湿淋淋的街面打理得舒适润泽。这是一条再普通不过的小巷——沈阳大西关成平里，巷子里的沙堆旁，只有三岁多的李滨声叉腿坐在地上，正在聚精会神地“拍燕窝”。

李滨声把左手半凸着放在沙堆上，用另外一只小手不住地往上培沙子，每培一层，他都要用手轻轻拍实，然后再往上面洒几把沙子……就这样，他认认真真地倒腾着这堆沙子，当面前的沙子隆成窝头状时，便小心翼翼地把用做拱件的左手抽了出来。这一次，沙窝没有像前几次那样塌陷，一个窑洞似的小小燕窝完成了。

李滨声兴奋起来，他用沾满沙子的小手胡噜了一把汗津津的前额，大声叫道：“舅妈，我做好了。”没等在一边纳鞋底的妇人走过来，紧接着他又冒出一句京味十足的皮簧唱腔：“孤王酒醉桃花宫……”

自从外祖父一家从京城迁回沈阳，长李滨声年仅五岁的小舅舅嘴里就经常哼唱着一些时下京城最流行的京戏段子。李滨声似乎天生就有京戏缘，自打第一次听到小舅舅的哼唱，他即被那些词精曲顺的京戏唱腔所吸引，并且很快学会了《斩黄袍》中最经典的几句。

稚嫩的童音在寂静的巷子里悠悠荡漾，竟引得巷子尽头两扇院门开启，从里面走出一对衣着光鲜的中年夫妇。这夫妻俩都是京戏迷，很奇怪怎么会有这么小的孩子就能模仿刘鸿声的唱腔。那时候，下海票友刘鸿声早已在梨园内外声名显赫，他的“三斩一碰”是敢与谭鑫培对台叫板的著名剧目，其中《斩黄袍》中“孤王酒醉桃花宫”那段唱腔在北京城更是家喻户晓。

【说俗解戏】

《三娘教子》：此剧是从明末清初戏曲家小说家李渔创作的《无声戏》中的一回改编而成，主要有旦、老生与小生三个角色。剧情为：儒生薛广出外做生意，家中留有一妻两妾，以及刘氏妾的儿子倚哥，还有老仆薛保。薛广托同乡带五百两白金回家，不料那人见财起意，竟买了一具空棺向薛家假报薛广身亡。薛家其后衰落，薛广之妻张氏和妾刘氏先后改嫁，家中只剩小妾王氏抚养倚哥，她被倚哥称为三娘。同学讥笑倚哥无娘，他回到家不认三娘，惹得三娘刀断机布要和他决绝，幸而老仆薛保劝导，母子俩才和好如初。十几年后薛倚成为新科状元，弃商从军多年的薛广也官至兵部尚书，父子在京城相认后荣归故里。此时，张氏和刘氏又丢弃家人跑来认前夫和状元儿子，三娘劝她们回家照顾老伴和孩子，并告之："欲尝甜瓜自己种，自种苦瓜自己尝。"

两夫妇和纳鞋底的妇人搭讪起来，方知道那男孩儿是二号院翁家的外孙子李滨声，被他喊作舅妈的那妇人也不是中国人传统意义上的宗亲娘舅之妻，而是翁恩裕的儿子翁荣溥小时候的奶妈。

翁家是满族，满族人管母亲叫“额涅”，而“妈”的称呼则是用于仆妇。李滨声的外祖父翁恩裕从京城返回原籍的时候带来了小儿子的京籍奶妈一家人，初到外公家的李滨声则想当然地把他舅舅的“奶妈”叫成了“舅妈”。这叫法有点不伦不类，但是在翁家上上下下却习已为常。那时候，李滨声的小舅舅已经上了小学，“舅妈”的主要职责即是照看翁家这个宝贝外孙子。

从大院里走出的那对夫妻都是京戏迷，他们出自当时沈阳一个有头有脸的官宦人家。当时那对夫妻家里正筹备办堂会，恰好缺一个助演孩子，机遇让他们相中了李滨声。听说可以穿戏服唱堂会，李滨声抛下好不容易拍成的燕窝跳着脚儿乐起来。

戏迷夫妇把李滨声和他“舅妈”引进自己院子，沏上茶续上水，首先让李滨声试试《斩黄袍》中的一段“上弦唱”[①]，“孤王酒醉桃花宫”。由于那段唱腔是“二六”板，前奏比较简单中间又没有“过门”， 而且李滨声天天在家里连听带唱对其词腔早已烂熟在心，所以胡琴一响他即张口高亢，使得拉胡琴的人不住点头。如此，李滨声顺利通过“面试”。

接着，男主人开始教李滨声念《三娘教子》的几句道白。生长在东北的李滨声虽然平时说的都是家乡话，但他从小听着舅妈的京腔长大，学起京白并不是什么难事。“孩儿下学回来，言语冒犯母亲，

---

① 上弦唱即是随胡琴唱。

吃萝卜
唱热茶
气得大夫
满街爬
宾声戏墨
婴戏图

【说俗解戏】

“吃萝卜，喝热茶，气得大夫满街爬”：这是中国一句脍炙人口的谚语，讲的是一个传统保健民俗。当年“扬州八怪”之一的郑板桥就在一幅对联中写道：“青菜萝卜糙米饭，瓦壶天水菊花茶。”萝卜号称土人参，被《本草纲目》誉为“蔬中最有益者”，其药用价值非常高。萝卜本身有理气化痰、消食化积的作用，其药用效果和茶搭配在一起对保健养生则更胜一筹。有专家解释，萝卜和热茶碰到一起，变成平性，不但不影响脾胃，反而会帮助脾胃消化，有解毒、消炎、降脂、降压、强心、护肝的作用，还能减肥、美容和瘦身。既然吃萝卜喝热茶对身体有好处，大家如此吃喝都健健康康，医生没了生意当然气的“满街爬”了——其实，这“气得大夫满街爬”不过是幼儿作耍时的一句顺口溜而已。

现有家法在此，请娘将家法高高举起，轻轻落下，打在孩儿身，疼在娘心。打儿一下如同十下，打儿十下如同百下，妈呀，您要是有爱子之心，就一下也别打我啦！”当他利索地将戏中薛绮哥的一长串念白脱出口，男主人高兴得直拍桌子，连连夸赞“想不到这孩子京白念得这么好！”

次日，李滨声又兴致勃勃地来到沈家，这回他开始学习《三娘教子》中的唱段。无奈那时他年纪实在太小，唱来唱去腔还可以，就是总不够板眼。几番试唱，最后那家人为了堂会的质量不得不另换他人，这让李滨声无比失望。

李滨声，1925年5月生于哈尔滨。他的母亲本想为其取名“滨生”，但又觉得这两字太容易重名，遂根据《滕王阁序》中“渔舟唱晚，响穷彭蠡之滨；雁阵惊寒，声断衡阳之浦”这句，为其取名为“滨声”。在李家三个孩子中，李滨声是最大的一个，五年之中母亲又为他添了一个妹妹和一个弟弟。

李滨声的母亲是前北洋政府国会议员翁恩裕的长女，她在北京上过女子师范，早几年回东北完婚后当过几年小学教员。而李滨声的父亲直到结婚以后许多年都从来没离开过东北，他打小上的是乡间私塾，比妻子整整小了四岁。

一个是汉族乡下小伙子，一个是满族城市女学生，这门婚姻似乎总给外人留下许多疑惑。其实说起来很简单，李滨声的外祖父在清末办学堂时和他的祖父共过事，虽然一为先生一为庶务，但两人后来成为至交，故而在一顿“千杯少”的酣酒之后就订下了这桩儿女

跳墙和尚
旧时迷信
小康人家多把幼儿许寺庙挂名为僧
学龄前履行一次戏剧性跳墙便算还俗了
但须有偿给老僧一红包
宾声识

【说俗解戏】

寄名和尚：到寺庙给孩子寄名是中国长久以来的一种风俗，其源于唐高宗当年曾让玄奘法师为武则天所生的儿子李弘取号名，并且找人代替儿子出家。此后，许多人家为了自己的孩子能平安健康，就在新生儿满月之后，请道士、和尚取一个道名或法名，从此象征性的将孩子托付给道观、佛门，从而缔结一种宗教和世俗的亲属关系。人们认为，道观、佛门都是神圣场所，会受到神灵、菩萨的保佑，把孩子托付给他们，自然不易受到祸患灾疾的侵凌。当孩子长到一定年龄，父母认为他已经度过了灾厄期，寄名的关系就可以终止了，不过需要举行一个还俗仪式，把当年存放在寺庙道观的寄名袋取回来。通常，这种仪式是用一条板凳寓意寺观之墙，家长选择吉日备礼至寺观进贡，这时，主持找碴责罚寄名小孩，小孩就跳过板凳跑走，然后就可以回家留发了。因为寄名还俗以板凳为主要道具，故而过去这种礼仪被俗称为“跳板凳”，而那还俗的小孩也被俗称为“跳墙和尚”。

娃娃亲。那时节，李滨声的母亲只有7岁，而他的父亲则刚刚3岁。

事实上，李滨声的姥姥对这门婚事是极不情愿的，她曾怨怪自己的丈夫既开明，又迂腐，乃至促成这桩“门不当，户不对”的婚事。说他开明，是指当时满汉通婚尚少有先例，而翁恩裕即毫无成见地把女儿嫁到汉人家庭；说他迂腐，是指他坚持把在北京上过女子师范的女儿，嫁给只读过乡间私塾且年逊四岁的李家儿子，这让李滨声的姥姥心中很是不悦。

如果不是由于外祖父翁恩裕的守信，李滨声的父母最后可能走不到一起。虽说翁恩裕后来成为民国政府的国会议员，并且把家搬到北京，但他还是一言九鼎坚持让女儿嫁到东北李家。两年后，李滨声的降生给这个小家庭增添了无比的快乐，按照当时流行的一个习俗，他们还把孩子带到一个寺庙里交些香钱当了寄名和尚，以求在菩萨的保佑下幼小的婴孩防病免灾。依照惯例，寄名和尚李滨声有了一个法名，他在寺庙中被称为“虚空”。

李滨声3岁的时候，家里又添了小妹妹。双双在外工作的父母无法照顾两个幼小的孩子。恰好，此时脱离政坛的翁恩裕重返故里经商，于是李滨声就被送到刚刚回到沈阳的外祖父家中。在外祖父家，李滨声是最小的孩子，因此自然受全家人的宠爱，他对童年也留下许多难以忘却的回忆。

让他记忆深刻的一件事，是5岁时由寄名和尚还俗的经过。还俗的日期定在阴历三月二十八，那天是天齐庙会。由于还俗时亲人不能露面，所以那天李滨声是由一位亲戚大娘带到庙里去的。还俗时，李滨声按照大人事先教好的程序，磕头进香之后站起来就往大

端午节
饮雄黄酒饮
余涂儿童面颊
或书王字于额上以
避虫毒
宾声画并识

【说俗解戏】

端午节将雄黄酒涂于儿童面颊：雄黄是一种中药材，其药性辛苦、温，有大毒，主要外用于蛇虫咬伤和治疗痈肿疔疮、湿疹疥癣等。古人认为雄黄可以克制蛇、蝎等百虫，“善能杀百毒、辟百邪、制蛊毒，人佩之，入山林而虎狼伏，入川水而百毒避”。雄黄酒是用研磨成粉末的雄黄泡制的白酒或黄酒，据《清嘉录》所载：“研雄黄末，屑蒲根，和酒饮之，谓之雄黄酒。”雄黄酒一般在端午节饮用，其习俗源起于人们对屈原的敬重。传说当年屈原投江之后，家乡的人们为了不让蛟龙吃掉他的遗体，纷纷把粽子、咸蛋抛入江中。这时，有位老中医将一坛雄黄酒倒入江中，说是可以药晕鱼龙保护屈原。过后，水面果真浮起一条蛟龙，人们将其拉上岸剥皮抽筋，之后将龙筋缠在孩子们的手腕和脖子上，再用雄黄酒涂在小孩儿的耳、鼻、额头、手、足等处，认为如此就能使孩子们不受蛇虫的伤害。此后，端午节饮雄黄酒的习惯从楚国传向大江南北，用雄黄酒在孩子的额头上画一个“王”字也渐成端午风俗。现代科学证明，以雄黄酒涂在小孩额头以求驱邪避疫是没有科学道理的。

殿门外跑，而正在闭目敲声乐磬的老和尚似乎突然警醒，于是从供桌下抽出一把笤帚拔腿就追——但他只是看似换步的频率快实际步幅并不大，这样就让李滨声有足够的时间顺利跨过大殿外面的长板凳。这条板凳即是寺庙院墙的象征，越“墙”而过就意味着还俗成功。老和尚追到板凳前即不再前行，他用笤帚抽打一下板凳，口中念一句“阿弥陀佛”，似乎对逃出山门的徒儿无可奈何。从这天起，寄名和尚虑空重为俗人李滨声。

李滨声在外貌上更多地继承了他父亲身材颀长的特征，而内在性格却更似他的母亲。他后来之所以成为著名漫画家也是因为受到母亲喜欢绘画的影响，从记事起涂鸦就是他最不可或缺的生活内容。

外祖父家的环境给李滨声创造了更多延续兴趣的机会，家里常来常往的客人中不乏擅丹青者，指导一个三四岁的孩子对他们是易如反掌之事。于是，颇有绘画天赋的李滨声每日不离画笔。出于客套，大人们看了他的画后不免要讲几句夸奖的话，在大家的称赞与溺爱下，李滨声的小脾气也日益见长，有时候画得不如意，他就犯起性子把桌子上不管什么都一古脑拂落到地下，记得有一次还打碎了两个价格不菲的江西瓷盖碗。因为这个缘故，母亲又为李滨声取了一个别名“李浴非”，希望他通过生活的洗浴改掉身上的坏毛病。这个名字李滨声在 14 岁画画投稿时首次使用，后来成为他走票演出的艺名。

外祖父家那台新置办的宝石针的留声机让李滨声忘记了不能出堂会的不快，他每天吵着让一位“二舅姥爷”帮着放留声机，听着“里面小人儿”的唱腔，他觉得留声机里那人唱得比舅舅和“舅妈”的侄儿小

留声机旧称话匣子
上世纪初始出现于北京
当时属于稀罕物
李滨声画并识

【说俗解戏】

留声机：留声机诞生于 1877 年，它的发明人就是誉满全球的发明大王——托马斯•阿尔瓦•爱迪生。过去的老唱片每分钟 78 转，一张唱片只能放送 3—4 分钟。在 20 世纪 20 年代的中国，听留声机是文化阶层里的中产阶级乐于享受的一种时髦生活方式。那时候一台留声机要二十几块大洋，一张唱片要一块大洋——相当于一个白领一个月的工资，一般人家是买不起的。

宝元棒多了。从此，李滨声跟着“藏在留声机里”的刘鸿声学会了《辕门斩子》里的几句唱，特别是对“见老娘施一礼躬身下拜”一句感兴趣，他总是让人挪动机头反反复复地听那几句，渐渐地，自己哼出的腔儿也像模像样。

个子再长高一点，李滨声踩着板凳自己能开留声机了，他的兴趣又从刘鸿声的《辕门斩子》转到了言菊朋的《卖马》上面，一句“店主东带过了黄骠马”成了他那时候的语言标志。20世纪20年代末，正是言菊朋嗓子变化改弦更张之时，平日听惯了刘鸿声高亮醇厚唱腔的李滨声虽然不懂得什么精巧细腻、跌宕婉约，但是却一下子喜欢上了言派特有的演唱风格。

虽然家有留声机，可以“每天每”地听唱片，但渐渐地这种只闻声音不见人的“听戏”已经不能让李滨声满足，他开始吵着闹着要天天到戏园子“去看真人儿唱戏”。翁恩裕疼宝贝外孙，对于这个算不得胡闹的要求自然要予以满足。于是，他差人在沈阳南市场的商埠大舞台订了一个长期包厢，如此，在满足外孙要求的同时也让“住闲”的亲友有了一个娱乐去处。

那时候，戏园的夜场通常要演几个小时，有点身份或者懂戏的人是照例不看前场的，因为只有排在后半场的戏码才是由名伶出演——所以通常有点派的人物都是在“倒三”或者“压轴戏”上演之前才不紧不慢地出现在包厢里。

李滨声不可管这些，小小年纪的他脑子里根本没有“派”的概念，所以每天吃了晚饭就颠颠儿地忙着要去听戏。好在外祖父家里三教九流的客人多多，所以总会有人先把他带到戏园去听前场。

【说俗解戏】 **八十年前的老戏园：**20 世纪 20 年代末，戏园还带有传统的茶馆风格。那时候，楼下大堂基本是八仙桌加方板凳，常去占座的都是一些市井平民，对于稍有身份的人物来说，看戏要到楼上的包厢里。这包厢也有档次之分，正面的包厢虽然贵，但下场门方向第二个却是戏迷公认的最好位置，坐在里面不仅能看到角儿挑帘上场，还可以看清楚人物在戏台上的一举一动，视听效果也在最佳范围内。

就是在这种每天必须听前场的执着中，李滨声对京戏的认识从听觉提高到视觉，也渐渐知晓了生、旦、净、丑之间的区别。

旧时戏园里，扔手巾把儿是一道风景，每到中场的时候，楼上楼下由手巾把抛出的弧线像一只只白鸽飞过，抛接准确，引人注目，而李滨声却不为之分神，更全然不顾那些小卖下堂的诱惑——托着盘子卖水果、瓜子、梨糕、麻糖和卫青萝卜之类吃食的小贩不时在包厢后面踱来踱去，那些色鲜味浓的吃食对包厢里的一般孩童不无吸引，然而幼小的李滨声对这些却全无兴趣。对于他来说，台上那一个个彩装的鲜活人物远比那些小吃食有着更强烈的诱惑力。

那一日，似乎是演到压轴大戏了，《击鼓骂曹》的悠扬板眼令整座戏园的观众屏住呼吸。李滨声眼睛一眨不眨地盯住台上的祢衡。“谗臣当道谋汉朝，楚汉相争动枪刀，到如今出了个奸曹操，上欺天子下

戏院广告名
水牌因常以白
粉书写某角当
日或次日上演戏
目于红漆木
板上主角自
然居首故
有挂头
牌之称
宾声
金少山

【说俗解戏】

旧日戏园水牌：过去戏园门口的水牌用于写明今天是哪个戏班子唱哪些剧目，还有演员的名字之类，但在演员名字的书写格式上却是大有讲究的。一般来说，凡是主演都是姓氏在上，下面由右及左横列两字之名，所以旧日的戏班艺人通常都是三字的名字；大主角之后的主要配角是竖写名字，字号也较主演的名字要小两圈——过去的艺人们常说“名字立起来就是熬出头了”，指的就是可以给主演配戏了；至于一般的演员，在水牌上只能是以位于竖写名字之下的横列小小名字露脸儿，而跑龙套的演员则连名字都上不了水牌。

压群僚。我有心替主爷把仇报，掌中缺少杀人的刀……”当台上的须生唱到“杀”字时托长音节，一个略带小弯儿的冗长唱腔赢得满场喝彩。四岁的李滨声听呆了，他情不自禁脱口而出也来了一句：“杀……啊，啊，人的刀……”稚嫩的童音引得哄堂大笑，楼上楼下的目光全朝着他所在的包厢扫过来。如此一来，羞得李滨声立马出溜下座位，他眼含泪珠子闹着非要即刻回家不可。

从戏园出来，李滨声心有余悸，好长时间不敢再去商埠大舞台，甚至不惜牺牲了一次可以坐小汽车的机会。20 世纪 20 年代末的孩子很少有坐小汽车的机会，即使是像李滨声这样有一个条件优越的富商外公，家里也只有一辆自用的人力车。住在翁家后街三条的一位张星南是李滨声外公翁恩裕的朋友，他那时任沈阳故宫博物馆馆长，家里有一辆小汽车，有时也来请翁恩裕去一起看戏。那天张姥爷又来了，说是要去商埠大舞台看戏，还要带上小戏迷李滨声。尽管既想坐车更想看戏，但是听到要去商埠大舞台李滨声心里还是有些不自在。他依旧觉得自己在那里丢过丑，怕常去看戏的那些人认出自己，所以咬紧嘴唇晃着小脑袋不肯上车。任凭别人哄着问，他也不肯说出真正原因，最后只好眼睁睁地看着那辆车渐渐远去。这件事，对李滨声的心理冲击很大，所以八十多年后他依旧记忆犹新。

不想去看戏，但是李滨声心里却不能不想戏。那天上演的是《打渔杀家》，李滨声想起“一轮明月照芦花”萧恩甩胡子的动作有意思，便想买个“胡子”戴戴。他觉得这样一来可以过戏瘾，二来戴上胡子把自己装扮一下去看戏别人可能就认不出自己了。听到李滨声的要求，疼爱外孙的翁恩裕拿出一张票子，门客中的一位张大舅随即

【说俗解戏】

京戏中的胡须：京剧里的胡子有很多种，行话统称为“髯口”。京剧里“髯口”种类很多，通常有“虬髯”“一字髯”“二字髯”“三绺髯”“四喜髯”“五撮髯”“八字髯”“一戳髯”“夹嘴髯”等，分别按不同角色加以配饰。通常，老生戴的髯口既长又密，可以挂在耳朵上。这种髯口也分为几种，如“白满”“黪满”等，其颜色主要是根据角色年龄而定，通常中年时用黑色，老年时用白色。而“八字吊搭”则是在八字髯的基础上，下颏又吊有一绺桃形短须，在演出时可以悬空摇荡。这种髯口一般为文丑所戴，也是以黑、黪、白三种颜色区分剧中人物年龄。在《蒋干盗书》这幅图中，老生戴的即是“黪满”，文丑戴的即是“八字吊搭”。

带着李滨声直奔四平街。在一个叫“四合庆”的店铺前李滨声停住脚步，他被橱窗里摆着的锣鼓切末吸引住了。“就这儿吧。”李滨声说。张大舅带着李滨声走进店里，先让店家拿出三个髯口。

“不要白的，要黑的。”李滨声俨然一副大主顾的派头，拿起髯口一个一个往耳朵上挂。因为不知道髯口的圈是可以随意调的，他带上哪个都显得大。尽管试的髯口并不合适，李滨声最后还是选中了一个。然而张大舅一问价儿，店家说要四块钱，他掂着手里那张票子想讨价还价。

“小孩儿就有半张票。”张大舅说，回头望望抓着那髯口爱不释手的李滨声。

没想到，店家不动声色地从李滨声手里把髯口拿走，转脸从架子上拿了另一个“胡子”递过来：“小孩子玩还是买个八字吊搭吧。”

八字吊搭是什么？李滨声当时不知道。但当他看到店家拿来的是一个八字胡下面吊着一个囟荡时，眼睛一下子瞪大了。经常看戏，李滨声早就知道，髯口是老生的必备，而八字胡却是丑角的行头。

敢用八字胡嘲弄我？李滨声实在受不了，一委屈眼泪成串地流出来。“店大欺客。”他哽咽着叫出一句，气愤地冲出四合庆的大门。那时候，李滨声已经知道不少成语，脱口而出的“店大欺客”用得十分贴切。从此，他绝口不提买髯口的事，甚至有许多年连去四平街时都回避着四合庆，不看一眼那家深深“伤害”过自己的大店。

在李滨声的学戏与画戏经历中，《锁五龙》有着里程碑的意义。那年他还没有上学，有人请翁恩裕去“点主”，李滨声跟着外公去了。“点主”是旧时殡葬中的一项仪式。先人故去，儿孙们要制作牌位

跪香
专制的家长动
辄就罚孩子跪
以燃香计时 香尽
方准起来 顽皮的
孩子自有对策
当家长离去
他把香拔起由下端
掐去寸许
滨声识

【说俗解戏】

跪香：老年间很多家庭没有钟表，跪香即成为惩罚小孩子的一种记时方式。孩子犯了错误罚跪时即点燃一支香，直到此香燃尽才许被罚的孩子起来。如果错误严重，还有可能被罚跪两支香或者三支香相继点燃的时长。但那些淘气的孩子也有对付家长的方法，他们通常乘家长不在时把香从底下掐去一截，以减少跪地受罚的时间。

用于后来祭祀供奉，这个牌位放在一个木质带套的座子里，俗叫“神主楼”。行礼时，牌位上其他字均已写妥，只有“神”字缺最后一竖，“主”字不写上面一点。这一竖一点要请当地德高望众的人给补全，故名为“点主”。

就在那次，李滨声听到一个花脸票友彩唱《锁五龙》，立时又被吸引住。票友看到李滨声乖巧，当下教了他几句唱词，幼年李滨声由此深深地喜欢上了脸上涂得五颜六色的花脸行当，他认为这样演戏才更开心。花脸不仅吸引着李滨声的学戏热情，也诱发了他画戏的兴趣，在五彩缤纷的涂鸦中，一个著名漫画家的丹青生涯拉开序幕。

时光到了1931年。5月，李滨声在一派安平中兴高采烈地度过了6周岁生日。那一年，有两件事在李滨声脑海中留下深刻印象，两件事都和唱戏有关。

头一件，是因为他在家里学《扫松》中丑角李旺的逗笑戏词受到父亲责罚。

那日，李滨声正学李旺一句逗笑的戏词，恰好他父亲来了。李父本来就不太愿意让李滨声唱戏，又因为儿子此番学的李旺是个丑角，为此他十分不悦，大怒之下揪着李滨声的耳朵来到佛堂。可李滨声浑然不知自己为何惹得父亲生气，还学着戏腔说：“儿子不知错在哪里，还请父亲大人明示。”这一下，他父亲的火更大了，责罚儿子“跪香”一柱，委屈的李滨声只能对着点燃的高香屈下双膝。

一个6岁的孩子，跪在硬地板上的滋味很不好受。后来，还是三

【说俗解戏】

《宝莲灯》：宝莲灯是一出民间十分熟悉的传统神话戏，在京剧舞台上经过多次改编锤炼。在几十年前的老京戏中《宝莲灯》中只有闹学、二堂舍子、打堂、劈山救母四个段落，爱情戏极少，但是孩子闯祸的情节却是十分细腻。书生刘彦昌上京赶考，先后与三圣母与王桂英生下沉香与秋儿二子。后来沉香在私塾里闹着玩用砚台失手打死同学秦官保，秋儿却和哥哥争相偿命告知父亲是自己杀了人。后来王桂英出场，为保护亲生儿子对两个孩子问来问去。而后，在“打堂”一场中，太师秦灿心肠凶狠，他明明知道是沉香打死自己的儿子，却照样把秋儿打死……

表姐趁李父离开时，把那支香拔出来，从底下掐掉一段再插进香炉，这才减少了李滨声长跪的时间。

以后，李滨声在三表姐面前更显积极，常帮她描扎花样子以示“报恩”；当然，他也长记性不敢再在父亲面前随便唱戏。

第二件，经过一位叫张梓辛的老票友介绍，六岁的李滨声有机会堂而皇之地扮上出演《宝莲灯》中的娃娃生秋儿，而且亮相之处是沈阳城有名的奉天大舞台，这让他无比兴奋。

旧戏班演《宝莲灯》通常只演“二堂舍子”那一折，但那天票房的演出却增加了首尾“闹学”和“打堂”两折。“打堂”讲的是秦太师打死秋儿那一段，这是场架子花脸戏，重在表演。李滨声要出演的就是这折戏。

这场戏前面有娃娃生几句盖口，后面主要是看花脸的作派表演。那日，李滨声在前场对答如流表现得不错，而后就是要在“打堂”中跪在地上等着秦太师“打死”自己了。那太师越来越狠，动作也越来越大，弹髯口、丝边、趋步……下面的叫好声也一潮追着一潮。此时，秋儿的规定动作是左右翻滚，李滨声在排戏时学演得也相当不错。听到台下一片叫好，小小的李滨声当时十分得意，他以为掌声是给自己的，因此配合花脸的动作格外卖力，闭着眼左右滚动十分认真。然而，当演到秦太师第三番殴打秋儿时却出岔子了——在一串密集锣声的伴奏下，花脸演员跨到李滨声身上痛下狠手，听到锣声，李滨声偶然睁开双眼，却看到一个凶狠的形象迫在眉睫，他不由得心惊胆颤，刚才的得意瞬间全无。

“哇”地一声，李滨声放声大哭，跳起来挣脱秦太师的“魔爪”

【说俗解戏】

私塾：私塾是中国传统教育中私学的一种，产生于春秋时期，至清代遍布城乡。私塾有几种形式，一是塾师私人设馆收费教授生徒的，这种被称之为称门馆、教馆、学馆或书屋等；二是由村绅、宗族捐助钱财田屋，并出资聘请塾师专门教授村里或宗族贫寒子弟的，这被称为村塾、族塾或宗塾；三是富贵之家专门聘师在自家宅府教亲族子弟的，这被称为坐馆或家塾。私塾不限入学年龄，学生从四五岁至十八九的都有，学生少则一两人，多则几十人。通常塾教课程从《三字经》入门，继而《百家姓》《千字文》至“四书”“五经”，兼读其他古文。除读书外，学生还要临帖习字，继而学习作文等。在中国两千多年的历史变迁中，私塾与官学相辅相成，为传承中华传统文化做出了巨大贡献。

就向后台跑去……台上台下台前台后顿时大乱，入戏颇深的“秦太师”顿时陷入尴尬。原本剧情所要表现的反面人物冷血无情一下子没了结局，台下笑声一片。一场凄凄惨惨的悲剧生生让李滨声的临阵逃脱变成了“笑剧”，从此他也成了《宝莲灯》中惟一敢于奋勇抵抗秦太师的秋儿——这经历也成为李滨声戏剧生涯中的一段趣话。

1931 年秋天，“九一八”的战火从沈阳北大营燃起，恐惧袭击了沈阳城。因为张学良给东北军下达了不抵抗命令，驻守部队并未做出激烈反击，在侵略战火烧到家门口的时候，那些扛着枪却以服从命令为天职的兵们只能按指示撤走。结果，有着逾万名守军的北大营被一支仅五百多人的日军击溃，耻辱钉在了中国军人的脊梁骨上。接着，沈阳成为中国第一个沦陷于日本侵略军统治下的城市。

时局大变，市面混乱。李滨声的外祖父很担心儿子上下学的安全，于是他在东院设了一个大课堂，请了一位教书先生堂而皇之地办起了私塾。为了让儿子不至于寂寞，翁恩裕又招呼来五六个亲友家的孩子一起学习，大西关成平里二号一下子热闹起来。

80 多年前，东北的升级学期是从春季开始。转年开春，过了六岁半的李滨声也该上小学了。谁也没有想到，李滨声的初小生涯仅仅持续了三天，三天之后，他被学校开除了。李滨声被开除的原因，是因为他在同龄的孩子中“学问”太大，而且还是因为成语惹的祸。

那是上学的第三天，班里按个子高低排座位，李滨声被安置在第五排。偏偏那天，曾经被老师明令禁止的游戏——在同学身上拍石粉画的现象又出现了，而且这次还是一只小乌龟。老师动员犯事者主动站出来认错，还明确表示“既往不咎”。

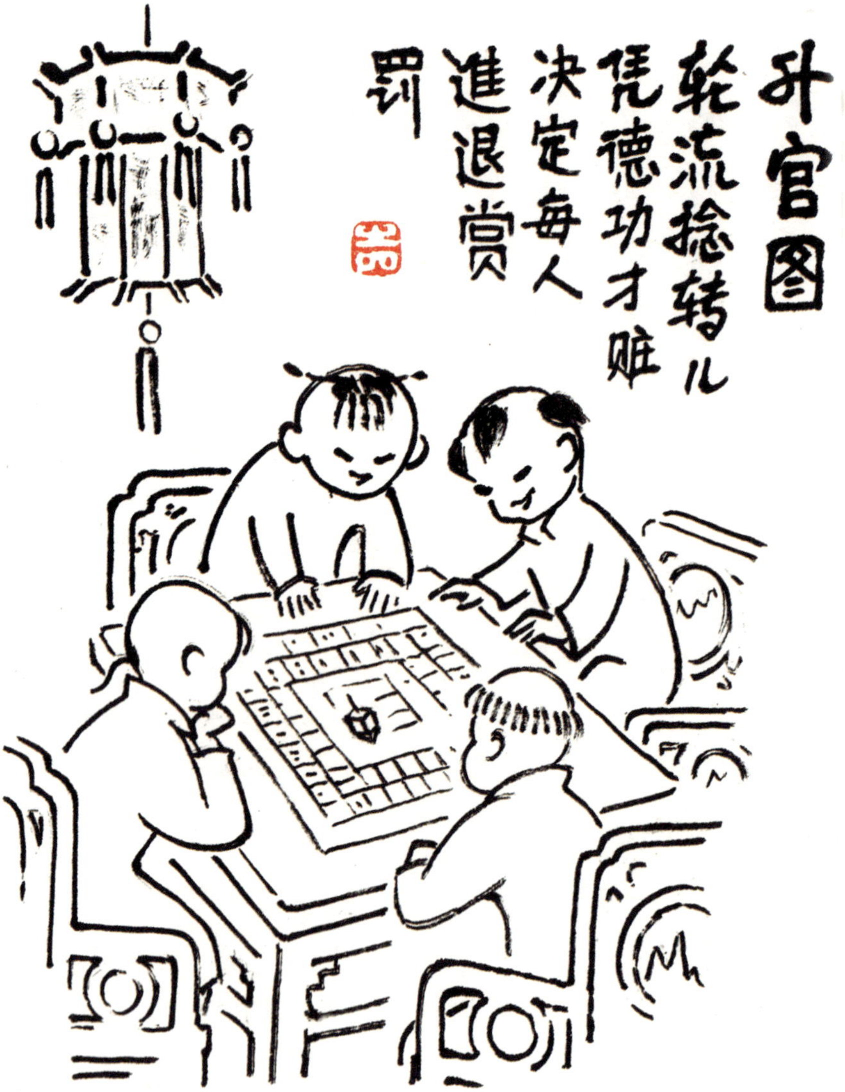
升官图
轮流捻转儿
凭德功才赃
决定每人
进退赏
罚

撒色子走格步是一种传统游戏

什么叫“既往不咎”？孩子们大都不知道，更没人主动认错。李滨声有点小学问，又有点好表现，他懂得“既往不咎”的意思，就想帮助老师一把，于是告诫同学们要守纪律，“不要当害群之马”——比照老师的学问，他也用了一个成语。李滨声本想积极一下获得老师表扬，没想到老师反认为那小乌龟是他拍印的，这使得他急忙为自己辩解：“老师，您误会了。”话音刚落他又想起一个成语：“您误人子弟了。”老师脸色一变：“你说什么？”这回李滨声更误会了，他以为老师让自己再说几个成语，便脱口又说出“您……误人子弟、男盗女娼……”没等更多的成语出口，他已经被老师揪着衣领子拎到讲台前，还挨了狠狠的一教鞭。老师记下李滨声的名字，让他收拾书包回家。李滨声哭着离开教室去找送他上学此刻还等候在传达室的三表姐，然后两人就回家了。下午没上学，李滨声还挺乐，他有时间摆弄留声机听戏了。

第二天，李滨声又跟着表姐去上学，没想到一进教室就被同学们刮着面颊羞羞，他听到有人说自己“被开除”，但一时闹不清那是什么意思。后来老师来了，推搡着把他赶出教室，“你怎么又来了，你被开除了。”李滨声去找表姐，表姐正在看告示，那上边写着李滨声被开除的原因是“辱骂师长”，并认定他属于“朽木不可雕也”一类……

出乎意料的是，外祖父听到李滨声被开除的原因并没加以训斥，反而安慰他说：“那咱就不去学校了，去东院和你舅舅一起念书吧。”东院是李滨声一直羡慕的地方，每天下课铃声一响，那里就成了一伙十来岁孩子的天下，大家一起玩弹球、跳格子、支色子，你欢我笑好不热闹。

【说俗解戏】

度柳翠：《度柳翠》本为一出元杂剧，由元朝李寿卿创作。此剧讲的是观音净瓶内的杨柳枝叶因偶染微尘，故被罚往人世，化身为杭州妓女柳翠。30 年后，柳翠为亡父超度请来一位和尚月明，他却正是观音身边的月明罗汉。月明罗汉与柳翠以禅语问答，经其三次点化，终于劝得柳翠出家。后月明罗汉带领柳翠重回仙班，她又成为观音净瓶内的杨柳枝叶。这个剧后来演变成为为老年间春节的一种童戏，俗称大头和尚度柳翠。其表演简单，舞步只有相向、返复、进进、退退；锣鼓伴奏为：咚咚咚，锵锵锵，咚锵咚锵咚咚锵。

小舅舅的学伴来自不同家庭，李滨声也搞不清他们和外祖父家有什么关系，反正按照排辈，他都得管人家叫舅舅，所不同是在“舅舅”两字前要加上每个人的全名。年龄和人家差着一半，学的课程也自然不一样。先生主要教李滨声念《三字经》，但是他给大孩子们讲的《论语》《孟子》也让李滨声断断续续记住不少。

1932 年初春，李滨声不足 7 岁，他对战争的认识仅仅局限于偶然听到的枪炮声和大人们忧心忡忡的脸色上。幸亏外祖父家道殷实，住在高高围墙的老院子里，他才没有像很多同龄的中国孩子一样遭受到流离失所、食不果腹的苦难。

【说俗解戏】

《华容道》：又名《挡曹》，是一出取材于《三国演义》的著名剧目。由于周瑜用计火攻，把守赤壁的曹军全军覆没，曹操与溃军仓皇北逃。路过华容道时，曹军只剩得 18 骑，却因为蜀将严守无法过关。此时，曹操手下探得华容道为刘备义弟关云长所把守，而曹操知道关云长素重信义，于是大述其曾款待关氏的往事，苦苦哀求放其一条生路。关云长果然为情所动，慨然应允纵曹军过道，曹操方绝境逃脱。而后，诸葛亮欲对关羽军法处置，经刘备苦苦哀求方才作罢。《华容道》是著名的京剧红生戏，“红生”之名也是由关羽戏而来——饰演关公者不仅要扮相气宇轩昂威风凛凛，更要兼有武生的功底、花脸的功架和老生醇厚的念白与唱法，因此红生也渐渐在京戏行当中独树一帜。

家里依旧有着那么多常来常往的“亲朋好友”和私塾中的异姓“舅舅”，但是李滨声的生活兴趣点依旧高度集中在听戏和看戏上。他长高了，已经不再需要大人帮忙就可以打开留声机；虽然认字不多，也可以自己挑唱片，这使他走出东院的课堂之后随时随地可以听上一段自己喜欢的唱腔，还时常撺掇同为学伴的舅舅不禀报大人就一起出去看戏。此时，李滨声从母亲身上继承的绘画天赋渐渐显露出来。在课堂上，他对那些描仿、写仿的作业常常是应付，但对墨盒上刻的“独钓寒江雪”简笔画却非常有兴趣。经师爷张善初指点，李滨声方知那是陈师曾画的，一共只有六笔半。因简约比较好临摹，所以李滨声常常照猫画虎。他那时没有想到，后来这些学画的底子成就了自己的漫画生涯，绘画最终成为李滨声赖以为生的职业和维持唱戏爱好的经济来源。

貌似平静的日子一过四年，李滨声的小舅舅要去北平读书，当初为他而设的东院家塾再没有继续办下去的必要，李滨声也要去高小读书了。

学校的生活并不如意。每周的早会要面向“新京”长春遥拜，每天早课前要集体朗读“回銮诏书”，上课下课的礼仪口号要用日语，见了老师要鞠躬并且用日语问好……这样的事让李滨声无比厌烦，当初盼着上学的心气一落千丈，他的兴趣重新回归到看戏这方面。

此时，经过了四年伪满统治的奉天城已经渐趋平静，曾经一度萧条的戏园茶馆重新热闹起来。这种表面上重新归于常态的生活让许多老百姓暂时压抑住心中的烦恼，听传统老戏成了他们聊以解忧的独特方式。

这是 1938 年摄于李滨声外公（二排中间老者）老宅中的一张旧照，历经“文革”磨难后奇迹般得以幸存，但照片早已残缺。李滨声经过多次手绘，最后补齐了这张照片。

20世纪30年代后期的沈阳是一个充满矛盾的北部城市，一方面是入侵者的实际统治使得民众思想郁闷、心存恐慌，另一方面日本人又把一些轻工产品倾销进来，使得这座城市带有新颖色彩。于是，在集合了清末民初建筑特色的街道里，具有独特关东风情的老沈阳市井文化脱颖而出，沈阳的北市场更成了与北京的天桥、天津的劝业场和上海城隍庙齐名的东北著名商圈。伴着有轨马车的叮当声响，往来于饭馆、商店、赌场、戏楼的客人络绎不绝，就连当铺和银号的生意也出奇地好。

外寇入侵与经济繁荣，似乎是水火不相融的两个词汇，可是这两种形态在20世纪30年代的沈阳居然盘根错节地交缠在一起，构成了一幅复杂而特殊的东北城市风情图。就在这无法诠释的社会大环境中，李滨声度过了自己的童年时代。

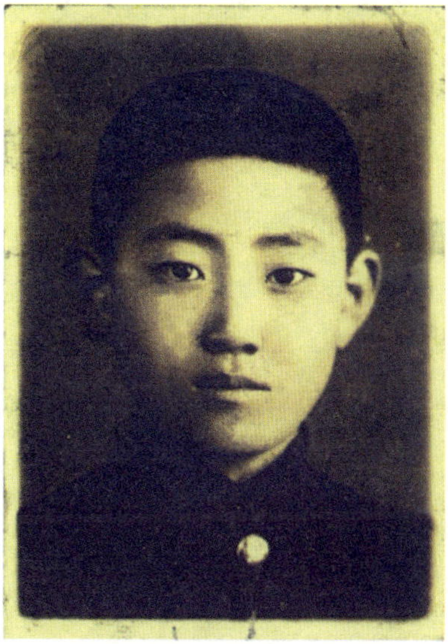

李滨声小学毕业照

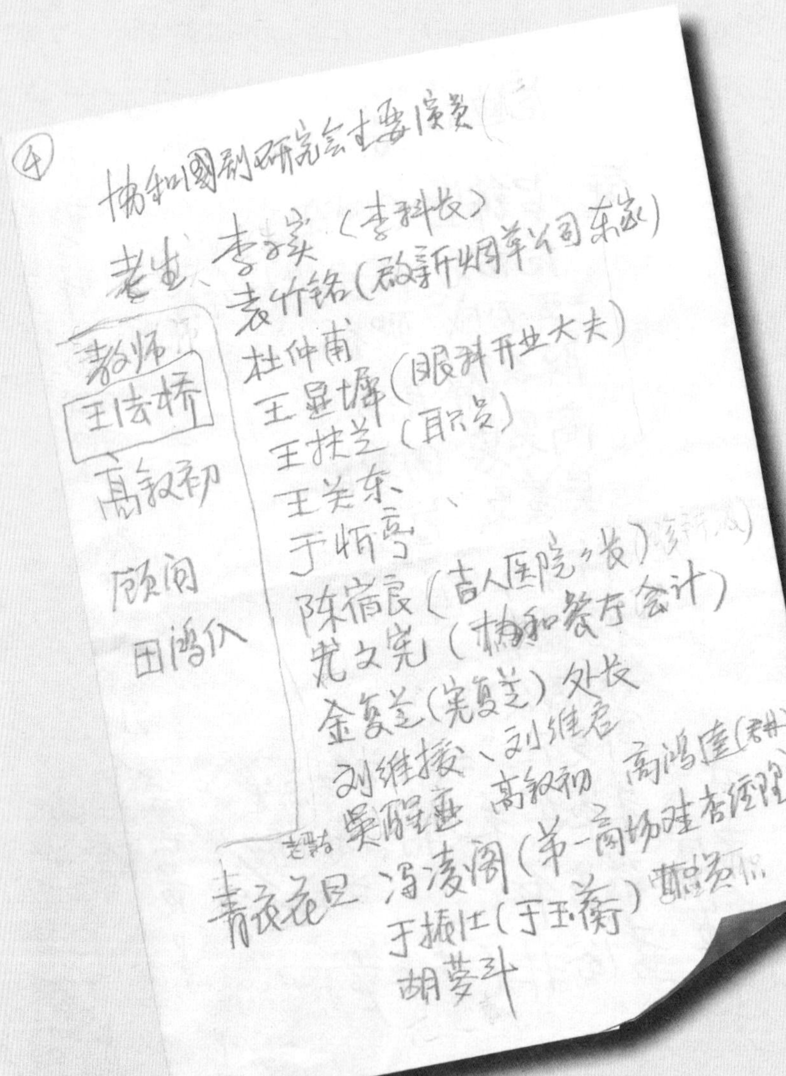
④
协和国剧研究会主要演员
老生 李××（李科长）
袁竹铭（启新烟草公司东家）
杜仲甫
王显垕（眼科开业大夫）
王扶兰（职员）
王关东
于恂亭
陈信良（吉人医院院长）
尤文宪（协和餐厅会计）
金复兰（宪复兰）处长
刘维援、刘维君
老旦 吴醒亚 高叔初 高鸿逵（老科）
青衣花旦 冯凌阁（第一商场洋杂经理）
于振仕（于玉蘅）
胡梦升

教师
王法桥
高叔初

顾问
田鸿仪

少年李演声与弟妹

走进票房

1939—1945

- ◎ 请来老艺人学戏
- ◎ 14 岁正式入票房
- ◎ 从花脸转向小生
- ◎ 抗战胜利出演岳家庄

李滨声画戏红黄蓝白系列之《红娘》

【说俗解戏】

《红娘》：这是脱胎于元杂剧《西厢记》的一出戏，原作者为王实甫。因为《西厢记》是中国古代爱情戏中成就最高、影响最深远的作品之一，经过后来历朝历代的改编，它几乎出现于中国所有戏种的剧目之中。唐贞元年间，相国之女崔莺莺随母扶父亲灵柩返乡，途中在普救寺西厢暂住，邂逅到寺中游览的书生张拱，二人遂一见钟情。是夜叛军首领欲强抢崔莺莺为妻，老夫人于惶惧中不知所措，声言有人能退得贼兵即招其为婿。张拱挺身而出，修书请来友人白马将军解除危难，然而老夫人在宴谢时却当面悔婚，这让崔莺莺暗自悲伤，张拱更是气闷成疾。使女红娘对崔、张拱二人十分同情，暗中为他们传书递简，终使得二人深夜花园相会。老夫人闻知怒打红娘，红娘却据理力争，一番话问得老夫人哑口无言。最后，在红娘的劝说下，老夫人答应了二人婚事，但却要张拱考中功名后方可嫁娶。于是，张拱与崔莺莺惜别，束装就道上京应考。

李滨声画戏红黄蓝白系列之《黄金台》

【说俗解戏】

《黄金台》：又名《田单救主》，源自《春秋》中“乐毅伐齐”的故事，是京戏中著名的传统老生剧目。战国时，齐湣王的宠妃邹氏与太监伊立欲害太子田法章，向齐王诬告其调戏邹妃。齐王即命搜斩太子。太子闻信乘夜逃出宫，适遇田单巡街，于是获救并出逃。后燕昭王命乐毅率军伐齐，攻克其七十余城，齐都失守，齐湣王与邹妃、伊立均死于非命。危难之时，田单用火牛阵大破燕军，收复齐地，并迎太子返国即位。

李滨声画戏红黄蓝白系列之《蓝关雪》

【说俗解戏】

《蓝关雪》：这是一出失传的八仙剧，讲的是八仙之一的韩湘子帮助韩愈脱离险路的故事。唐宪宗时，韩愈因上了一份“谏迎佛骨表”得罪了皇上，而被贬至潮阳为官。从京师到潮阳的路程迢迢八千里，韩愈一路上忍饥受冻，到了秦岭蓝关又遭逢大雪，主仆三人进退无路。适时，韩愈之侄韩湘子命清风明月二仙童化作渔翁樵夫前来超度他。韩愈向二人问路，樵夫用雪捏了一只雪马，但韩愈却不敢上马；渔翁用雪捏了一船，韩愈又不敢下船。渔、樵见韩愈不相信自己，遂化为清风而去。韩湘子见超度韩愈不成，只好差了一只老虎把他的两个仆人先衔到潮阳，然后现身蓝关亲自护送韩愈前往潮阳。

听戏、看戏和画戏成了少年李滨声课余生活的最主要内容，他那时候最喜欢看人物繁杂剧情跌宕的情节戏，而且对戏里的净行人物特别感兴趣。悟性甚佳且记忆超人，是李滨声的一大特点。在戏园子里看得多了，他的感性知识日益增强，对于过场、剧情、甚至一些专业术语也有所理解，每天回到家里，还能惟妙惟肖地模仿不同角色的台步和身段。

和当年听留声机唱戏不解气非要进戏园子一样，看着看着，李滨声又不满足了——这回他是起了学戏的念头。可是李滨声父母那边的家境并不好，虽然父亲在努力地硬撑面子，但值点钱的东西已经一件一件从房子里消失，甚至有时过大年时周转不开，他父亲还要悄悄托人跑一趟当铺，将狐皮斗篷送进当铺“存”几天。如此捉襟见肘，家里哪儿有闲钱让李滨声去学戏呢？因此李滨声想学戏，却是断然不敢向他父母开口的。

李滨声外祖父的家境不错，但是对于他的学戏却并不支持。的确，那时候梨园行尚属于“贱业”，以他外祖父的观点，家里人闲来去戏园子娱乐消遣还可以，但外孙子真要想学戏那却是不能轻易应允的。可是少年李滨声显然对大人的想法毫不知情，他当然更不理解外祖父为什么不许自己学唱戏。于是，这个被宠爱惯了的男孩子开始以眼泪为武器，大有不达目的不肯罢休之势。

尽管对学唱戏这件事极有自己的看法，可是所有的一切都抵不上翁恩裕疼爱大外孙的心气。看到李滨声茶不思饭不想，当外公的心软了下来，一番讨价还价之后祖孙俩定下“协议”：学戏唱戏可以，但是不能耽误学业。于是，没过几日外祖父即叫人到戏园子请了一

李滨声画戏红黄蓝白系列之《白良关》

【说俗解戏】

《白良关》：一名《雌雄鞭》或《父子会》，是一出以净角为主演的传统剧目，故事源自于《隋唐演义》。尉迟恭年轻时在山西以冶铁为业，他善于用鞭，曾自铸雌雄钢鞭一对。世乱年荒，尉迟恭弃业投军，其时发妻梅氏已怀孕。尉迟恭在双鞭上镌刻自己及未产儿尉迟宝林大名，夫妻各执一枝，以作为日后团聚之证。孰料尉迟恭离家后，梅氏即被北寇刘国桢掠去强占为妻。梅氏为保尉迟一脉无奈忍辱从之。20年后，尉迟恭已为佐命元勋，适因北寇反叛，唐太宗命秦琼、尉迟恭为正副帅先行出征。发兵前，尉迟得梦“破镜重圆”。兵至白良关，尉迟持钢鞭击伤守将刘国桢，刘子宝林则与尉迟交锋无胜负。宝林回家与其母相诉，方知自己本系尉迟亲生儿子。于是，宝林急出会尉迟，以双鞭为证父子相认，而后杀死刘国桢，白良关不攻自破。惟梅氏认为自己失贞而自缢。

位艺人到家里来教戏，这让李滨声兴奋不已。

“为什么要学戏呀？”来教戏的老艺人问李滨声。

“想上台，听叫好。”李滨声毫不隐讳地回答。

老艺人笑了，为这孩子的童言无忌。

说实话，李滨声和这位启蒙老师学的戏没多少，但是他却一辈子记住了师父说的几句意味深长的话：“要想人前显贵 ，就得背地受罪”“百学不如一见，百见不如亲践”。

1937 年，李滨声 12 岁。那年初夏，外祖父去世了，李滨声不得不回到自己的家——那时他的父母带着一双弟妹已经迁回沈阳。对于李滨声来说，居住的地点变了，但是听戏的环境与氛围却丝毫没有受到影响。

仲夏，远在千里之外的卢沟桥畔再次响起日寇入侵的枪声。夹血的硝烟撼动着北平，随之中国人民的全面抗日战争爆发了。

然而相比之下，东北城市的抗日激情远不如华北地区那般热烈，沈阳实际已经在伪满洲国的统治下度过了五年半，人们的思想已经处于半麻痹状态，卢沟桥的枪声并没有过多地影响老百姓平淡而不失娱乐的生活。正是由于这个原因，当时很多京津地区的戏班子为了谋生反而向北挪窝，沈阳是东三省中离北京最近的大城市，也必然成为一些戏班子北移演出的首选之地。

沈阳城里，戏园子里的板眼声响依然继续，12 岁的李滨声已经可以自己独自去看戏。经常，他省下为数不多的零花钱去买张票，从商埠大舞台、共益大舞台到中央大戏院和奉天大舞台，凡是能看

【说俗解戏】

《打渔杀家》：又名《萧恩杀江》《讨渔税》等，是京剧传统戏中一个著名剧目，剧本出自于清代花部乱弹作品《庆顶珠》中的两折。此剧讲的是梁山好汉萧恩离开众弟兄后和女儿萧桂英以打鱼为生，日子清贫但也平静。不料天旱水浅打鱼欠收，又因来访故友怒斥催讨渔税的乡宦儿子，得罪了丁姓渔霸。丁府派人欲将萧恩拷走。忍无可忍的萧恩将众家丁打败。随后萧恩去衙门状告丁家，但丁府串通官府将萧恩拘捕，打了他四十大板，并逼他去丁家赔罪。萧恩愤恨不屈，以献宝珠为名，带着女儿夜入丁府，最后杀了渔霸全家。根据留春阁小史《听春新咏》所记载，早在嘉庆十五年（1810），已经有戏班演出这个剧目。这出戏曾被封建统治阶级认为“破坏王法”，而建议各地“立议永禁”，但其不仅未被禁绝，反而成为清朝地方戏中广泛流行的一个剧目，除了京戏还有其他剧种的演出形式。

戏的地方不论远近都能见到李滨声的身影，而且他总是开演的三通鼓之前到场，一直听到终场的“青袍送客”[①]。

抗战的爆发，逼得许多梨园名宿离开京城走码头，这使得李滨声有机会看到来自北平名角儿的精彩演出。很多年之后，他还清楚地记得自己独自买票看的第一场京城名角戏，即是贯大元挂头牌的《打渔杀家》。

那时候，贯大元年方不惑，正值艺术生涯的黄金时期，因其集“许荫棠之堂皇，李鑫甫之工力，贾洪林之作派”，是年由张古愚主编的《戏剧旬刊》将其誉为与谭富英、马连良、杨宝森齐名的“须生四杰”之首。因此，他的演出之精彩自然是深深打动了少年戏迷李滨声，那个白发苍苍的老人萧恩从此牢牢地印在他的脑海里。

“小观众”李滨声在十几岁时看了不少戏，其中一场为言家班的临别纪念演出。言家班指的是抗战之后由著名下海票友言菊朋带领的一个巡演班子，因为里面有他的女儿言慧珠与儿子言少朋，所以被人们俗称为“言家班”。

那一次，言菊朋在沈阳的商埠大舞台签约演出，合同期满后应当地绅商的挽留又续演三天，最后一日即是“临别纪念演出”。那时只有十七八岁的言慧珠还没有下海，海报上署名还是“言君慧珠”[②]字样，但她已经师从著名琴师徐兰沅与名旦朱桂芳练就扎实的基本功，而且正在名角“九阵风”阎岚秋门下学习武旦和刀马旦，加之

① 京剧中，车夫、马夫、店家、脚夫、衙役、家仆等的服饰色彩均以蓝、黑为主，而能着青袍的则必为管家一类人物。所以旧时全场剧终时都会出现一个着青袍者宣布散场，行话称之为“青袍送客”。

② 旧时票友和专业演员同场演出，剧场前水牌的署名是有区别的，票友通常是姓氏后面加一“君”字，而演员则是直接写上名字。

【说俗解戏】

反串：反串是中国传统戏曲演出中的一种演出方式，与现在娱乐圈流行的用于性别、声音的“男扮女装”或“女扮男装”的反串不太相同。京剧中的“反串”主要是指演出与自身本工的行当不同的剧目的情形。在其原本的意义中，是与演员以及剧中人的性别无关的。例如梅兰芳是旦行演员，演出女性角色是正常，而他曾在《辕门射戟》中饰演生角的吕布，这则是反串。反串说明演员的戏路之宽，除了旦串生之外，京剧中生串旦、生串净、生串丑等情形也都很常见。李滨声在《下河东》中饰演的呼延英（图中右边的高个子）即是生串旦。

其父之名气，所以颇为李滨声这样的小观众所崇拜。

那日的大轴是一出反串戏《八腊庙》，言菊朋反串朱光祖，武生张云溪反串张桂兰，花脸马连昆反串老妈儿，青衣杨维娜反串黄天霸，艺名笑而观的丑角反串家院，而此戏中最为核心的角色施仕纶则由言慧珠反串。

那一晚的演出给李滨声留下深刻印象，许多年后他在《北京晚报》刊发了一篇小文追忆此事，并诙谐地命题曰：《言派“八腊庙”》。

毕竟从小在外祖父家长大，初回父母家中，李滨声多少显得有点落寞。不过他很快就因为迁居而找回自己的快乐，快乐的根源在于房东李大爷也是个京戏迷。

李大爷的大名叫李子实，因为曾经担任过税务局的科长，街坊四邻都尊称其为李科长。李子实不但喜欢看戏，家里还藏着不少让内行见了眼里都要冒光的行头，甚至还有绣着自己名号的“守旧”[①]。最要紧的是，李子实认识许多梨园人士，自己也经常票演，因此李滨声也得以跟着他有机会经常出入后台。

有一次，李滨声去后台，新来的管事拦着他不让进，恰好后台王老板路过为他解了围。“你不认识他？”王老板对管事的说，“他可是常来的戏园小客呀（客：东北方言，音读 qie）。”这么随随便便的一句解释，“戏园小客”便成了大家对李滨声的称呼，再后来不知从谁而起又被叫成“梨园小客”，从此李滨声有了一个新的名字。17 岁之后，自以为成人的李滨声对那个“小”字颇为反感，他自作主张把“小”字去掉，之后“梨园客”便成了他的笔名。

① 守旧，即为带着两个门帘的台账。

【说俗解戏】

《捉放曹》：这是《三国演义》中的一个故事。三国时期，曹操刺杀董卓未遂，于是改装逃走，但行至中牟县被擒。公堂上，曹操用言辞打动县令陈宫，陈宫弃官与其一同逃走。二人行至成皋，遇到曹操父亲的故友吕伯奢，吕盛邀曹、陈至庄中并欲杀猪款待。曹操闻得磨刀霍霍，误以为吕伯奢要加害自己，遂杀死吕氏全家焚庄而逃。陈宫见曹操如此心毒手狠地枉杀无辜，心中十分懊悔；当夜宿店后趁曹操熟睡时独自离去。《捉放曹》的故事在中国民间广为流传，衍生出传说、戏曲、相声等多种形式的作品。京剧《捉放曹》又称《捉放宿店》《中牟县》或《陈宫计》，是著名的传统剧目。

后台的耳濡目染让李滨声长进不少，他对画脸、衣箱、帽箱、旗巴箱，还有包头桌、供奉祖师爷的老郎神以及切末都有了感性认识。“戏没学，规矩倒是学了不少”，70多年后李滨声回忆说，并且随口道出“前不言庚、后不言梦”“雨伞不能叫雨伞，得叫‘雨盖’”“扮完戏，要对化妆道‘辛苦’；下了场，对配角也要道‘辛苦’”等一大串演戏的规矩。

由于李大爷交际广，李滨声观看堂会的机会也随之增多。一次偶然，他在《汾河湾》中饰演了娃娃生薛丁山。那天他演的规规矩矩一点没出错，下来后心里得意地认为自己也够“角儿”了。

这次成功的演出令李滨声兴奋了许多天，“薛丁山”成为他真正走向氍毹的第一级台阶。

1939年9月，李滨声14岁，已经是一个中学生了。他上的是一所日本人当校长的普通中学，名为“奉天大同实业学院”。当时东北没有初、高中之分，按日本人的学制连续读四年就算完成了普通国民高等教育。

他对京戏的喜爱依然有增无减。在李大爷的关照下，他和戏园子后台老板、伙计以及坐包演员、场面、衣箱等人都混得很熟，看戏之前到后台看演员扮戏亦成为他必不可少的求知乐趣。

有一次，李子实要演全齣的《捉放曹》，但戏园却缺少一张切末——曹操的画像，于是他把李滨声招呼到身边。

“你不是喜欢画画吗？给画一张吧。”李大爷开口就给李滨声布置下任务。

李滨声楞了一下，亦喜亦忧地接下任务。这几年他确实在画技上长进不少，平时也喜欢用画笔记录看过的戏中人物，可是画切末，对于这个只有 14 岁的少年却是头一遭。那天晚上，李滨声一遍又一遍地先在纸上试画，直到最后一张感到满意了才在画布上下笔。第二天他把画像交给李大爷，心中却一直忐忑不安。

晚上，李滨声照旧在看戏前先去后台，饰演曹操的演员正在勾脸。让李滨声没想到的是，那位唱花脸的大腕竟然主动和他说起话来。

“你画得不错嘛”，对镜勾脸儿的花脸头也不回地说——他是从镜子里看到李滨声过来了。

李滨声颇感意外，这几个字足以令他欣喜。他的心怦怦直跳，一时却不知道说什么好。

玻璃车
民国初年洋
式马车取代
传统花轱辘
骄车 俗称玻
璃车 至此赶
车的结束跨
辕跟车的不
必再跟车跑
而且有个座
滨声画并识

"你该学戏了"，大花脸目不斜视地说出第二句话，但李滨声依然不知如何应答是好。

"愿意学花脸吗？我教你。"大花脸的第三句话更让李滨声受宠若惊，他甚至不敢相信自己的耳朵——以前好吃好喝好待承请人说戏都不成，如今怎么遇上个主动要教自己的？而且还是一位名票。

机会就是这样毫无征兆地跳了出来，李滨声心跳得更厉害，他咬了一下手指，以确认自己听到的都是真的。

那一天显然是属于李滨声的节日。他看到自己画的曹操切末挂在布城上，心里异常高兴——虽然早在一年多之前他就曾在报纸上发表过绘画作品，但这是他的画作第一次实地展出。还有，大花脸主动要收自己为徒了，这更是一件令人心跳的喜事。李滨声转身把这个好消息告诉李大爷，脑海里不断憧憬着自己有朝一日也能成为名角在舞台上威震四座。

14 岁那年的八月十五，对于李滨声是一个终生难忘的日子，他与京剧票房的真正接触就从这一天开始。

登门拜师那天，李滨声备了一份东北特有的精致礼物"套月"——从大到小摞成塔形的一套月饼，另配三样礼品凑成四色礼，十分得意地蹬上李子实大爷提前雇好的马车。

马车停在一个气派的大院门口，李滨声拎着礼品跟在李大爷身后走进大门。此时正好有个叫孙占林的艺人给主人家送来贺帐，李滨声看一眼那上面的名字，喝，竟然是资深名票范昭先！范绍先是恒发煤栈的东家，他那个煤栈专供铁路用煤，这使得他有足够的金钱满足自己票戏的爱好。

【说俗解戏】 **芦花荡**：又名《三气周瑜》，是一出有名的翎子生剧目。剧情为张飞奉诸葛亮之命假扮渔夫埋伏在芦花荡中，单等周瑜领兵到来出奇制胜。根据周瑜的性格，诸葛亮定下先擒后纵策略，果然致使周瑜气愤呕血。李滨声曾在此剧中饰演周瑜。

想到自己就要成为沈水名票范绍先的徒弟了，李滨声心里那个乐呀。论年龄，范昭先比李滨声整整大两轮；论辈份，李滨声该叫他一声叔叔。这人的戏路宽、行头多、为人又特别仗义，在梨园内外素享佳誉。李滨声能被他主动收为徒弟，颇令许多人意外。

相比于通常的拜师，李滨声的拜师礼仪十分简单，他深深地鞠了一躬，而后恭恭敬敬地叫了一声师傅就算 OK，接下来他老老实实坐在一边听着师傅和李大爷等人聊天。范昭先那天特别高兴，闷着一壶香茶忆及许多往事。他侃侃谈起有一年演《宝莲灯》，曾有一个五六岁的“秋儿”在演“打堂”一折时哭着逃离舞台……生动的讲述把众人逗得哈哈大笑，惟有李滨声听后心中一惊。

“那孩子现在不知怎么样了？”范昭先颇为感慨地说。

“师傅，”李滨声挪步站到他面前鼓足勇气喃喃地说，“那个孩子就是我。”

巧合，真的是令人慨叹的巧合。9 年前，幼童李滨声因为范昭先的表演被吓哭扰戏；9 年后，少年李滨声却成了范昭先的入室弟子。因为这段机缘，范昭先和李滨声建立起一种十分密切的师徒关系。

对于痴戏的李滨声，范绍先虽然嘴上不说什么，却是打心眼儿里喜欢。这孩子机敏好学，如果能顺利度过倒仓那一关应该是个好苗子。更何况，李滨声在武的方面还有幼功。小时候，外公请来的那个老艺人正经训练过李滨声，他不但练过踢腿、压腿、下腰这类基本功，就连“虎跳”“小翻”这类颇有难度的动作也做得像模像样。

范绍先工架子花，也能教铜锤戏，虽然也培养出吴贵文、包文江等几个能把《锁五龙》《御果园》和《断密涧》演得不错的票友

【说俗解戏】

《五花洞》：京剧《五花洞》是以武大郎与潘金莲夫妻为主角的一出荒诞丑角大戏，全剧以插科打诨搞笑为主。因年成不好，武大郎携妻潘金莲去投奔兄弟武松，途中遇到在五花洞修炼成精的蜈蚣、蝎子、壁虎、蛤蟆、毒蛇。五精因恨仙道张天师前往京都作乱，见到矮丑的武大郎与娇媚的潘金莲之后遂幻化成二人模样。真假武大郎夫妇扭打至阳谷县衙，五毒精又变出一个假知县参与哄闹。包拯巡视至此，他用照妖镜辨出真伪武大郎夫妇，又请来天兵天将众妖降服。这出戏原来只有真假两对夫妇，后来在演出时可以随意多加真假角色，如是两真两假四对即被谓之“四五花洞”，四真四假八对则谓之“八五花洞”，五真五假十对演即是 “十五花洞”。因这出戏热闹非凡，所以多在堂会或农历腊月二十三过小年那天上演，因故又被称为封箱戏。

徒弟，但一直自憾拿手戏《通天犀》《芦花荡》《取洛阳》和《审李七》后继乏人。李滨声记忆过人且腰腿功夫都不错，因之范绍先对这个被自己看中的小徒弟报有很大期望。

拜师之后，李滨声自然而然地被师傅范绍先引入票房，从这时起，他有了真正的票友身份。

李滨声进入的票房叫“协和国剧研究会”——这是处在伪满统治下的沈阳票友为票房所取的一个变通的名字。

“协和国剧研究会”是当时沈阳最大的票房，其时被人们俗称为协和票房。它的一些骨干都是些家资颇富的商人或者实业家，因此在行头、场面上足以令一般票友羡慕。似李滨声这样的少年票友，当时每月交两块钱茶资就可以在这里尽情学戏，而且时不时还有上场彩唱的机会，这令他在感到耳目一新的同时开始奋发刻苦地练功。

彩唱是协和研究会的最大特点，这个票房不仅有五蟒五靠的全箱，而且有一个可容三百人的剧场，每周都会对外公演。几十年过去，李滨声还对“协和票房”的一干票友记忆犹新。

这个研究会的教师是王法桥和高叙初两位，顾问叫田鸿儒，饰演老生的有李子实和袁竹铭、杜仲甫、王扶兰、王关东、于忻亭、陈宿良、尤文宪、金复芝、刘维援、刘维启、吴醒亚、高鸿逵等十几人；青衣花旦有冯凌阁、于振江、胡梦斗、范迪元等；净角有吕锦堂、范绍先、王玉成、陈文鼐、高恩惠、吴贵文、包文江等；丑角有许子安、杨建安、赵振文、周克让等；武生则有朱策安、朱文朋、周子彬、文英烈等；老旦演员是张宴平；琴师有杨松柏、赵璧卿、银学艺、王实贵等。

【说俗解戏】

《连环套》：又名《盗御马》，是出自《施公案》的一个故事。清朝康熙年间绿林好汉窦尔敦被黄三太镖伤后，愤而离开河间到口外连环套聚义。十余年后，康熙帝敕命梁九公去口外涉猎，并赐他御马追风千里驹。得到连环套喽罗密报的窦尔敦于夜间盗走御马，并嫁祸于已归顺朝廷且死去多年的黄三太。事发之后，梁九公欲问黄三太之子黄天霸之罪，而与黄三太有旧谊的彭朋却暗中庇护黄天霸。最终，黄天霸受令限期访拿盗马人，他乔装镖客来到口外连环套，只身入寨探访御马下落。当黄天霸报出自己真正身份后窦尔敦被激怒，双方约定次日比武赌马。黄天霸的挚友朱光祖夜入连环套盗走窦尔敦的护手双钩，并将黄天霸的钢刀插在窦尔敦的桌案之上。窦尔敦锐气受挫，次日在朱光祖说服之下献马归降。李滨声曾在这出戏中饰演大头目。

可以看出，当时在协和国剧研究会中，各行当演员人数不均，而当李滨声初入票房之时，这里最缺少的角色就是小生。

入协和票房学习不久，李滨声就有机会登台演出了。虽然只有14岁，但他高高的个子粉墨之后与大人无别，所以师傅范昭先让他在自己主演的《连环套》中饰演大头目。这次演出李滨声虽然只有几句“盖口”，但却获得了大家好评。此后，“大头目”即成为李滨声在票房中的昵称，他心里明白这是大家对他的鼓励。由此，他记住了师傅说的一句话：“角色无大小，主要是借台练戏。”

协和票房在李滨声的票友生涯中落下了第一笔重彩，他在此结交了许多一辈子都难以忘怀的故友，其中让他最为受益的重要人物即是他一辈子都十分敬重的老师高叙初。

在协和票房中，高叙初可谓是惟一懂些戏剧理论的人。他本是票武生的，但是真正上台却少而又少——李滨声在协和票房六七年，也只是看过一场他在《战长沙》中饰演的黄忠。然而高叙初说戏甚好，他六场通透，对生、旦、净、丑都有很深的研究，而且打鼓不输场面。最难得的是，他善于因人教戏，能把学戏者的特长充分发掘出来。高叙初在协和票房培养出不少角色，其中不少人后来相继下海吃上了戏饭，李滨声的发小票友，下海后改名为于玉蘅的于振江就是最出色的一个。

对于初入票房的李滨声，高叙初要求他首先认真攻读张伯驹所著的《音韵》，继而才是在唱、念、做、打和手、眼、身、法、步上面下功夫。李滨声票戏一生，从高叙初那里受益最多，他后来改工小生也是由于高叙初的引导。起初，高叙初只安排李滨声扮演一

【说俗解戏】

《审李七》：北宋镇边元帅李昌被奸臣所陷害，其子李七逃生后在山东结交了以抢劫为生的尤六等人。一次他们做案后诸人被捉，惟有尤六逃脱。州官拷问李七让他供出同伙，李七便顺势诬指曾与自己斗殴结怨的秀才王良。王良被诬陷入监，起解送别于长亭时其妻哭声甚哀，老仆陈苍遂以王良夫妻情笃哀求李七。此时李七良心发现，应允为王良开脱。而后陈苍救起坠桥的宋朝皇帝，被封为孝义天官，王良的冤案亦得到平反。而发配至福建军中的李七则在抵御海寇入侵台湾的战斗中奋勇退敌，战后立功获得释放。李滨声曾在这出戏中饰演王良。

些不说话的小生角色，但有次上演《盗宗卷》时遇到临时请的小生误场，高叙初即让李滨声“钻锅”饰演小生张秀玉，从此李滨声成为“两门炮”，兼学花脸与小生。

高叙初从《盗宗卷》中的小生张秀玉开始引导李滨声接触小生戏，后来李滨声改为小生，从他那里得到实授的戏有《孝感天》《举鼎观画》《叫关小显》《黄鹤楼》《白门楼》《探庄》、全部《忠孝全》和《螺蛳峪》《八大锤》等。李滨声几十年都和老师高叙初保持着密切联系，直到高叙初以101岁高龄辞世。

日复一日，李滨声上台演出的机会多了起来。他扮演什么角色都十分投入，但有一次却因为自主“加戏”而受到责罚。

那一次是演出《审李七》，在第二场“长亭”中，当王良唱到“回头不见临清郡，今生难望我家门，王良因得何处损……”时，即要由花脸接唱“一足踏你在地埃尘”，将王良踢倒。按照剧情，此处王良的动作就是个“屁股坐子”，没什么难度。而李滨声因为刚刚练就了一个“抢背”动作，自我感觉不错。他认为这动作符合剧情需要，拿到台上肯定添彩，因此演出时即自作主张将第三句唱翻高，紧接着“嘣噔呛”走了个“抢背”。这一来，气得范昭先“接腿”唱最末一句“一足踏你在地埃尘”时更带情绪。

这场出其不意的演出获得了观众热烈掌声，李滨声本以为自己一炮打响，一定会受到大家赞扬。没料想，回到后台师傅范绍先却痛斥他的卖唱“翻高”为“洒狗血”，摔“抢背”是搅戏。所有的参演人员也都认为他太自行其是，没有大局观念。第二天，票房上演的《取洛阳·白莽台》原定由李滨声饰演岑彭，这是一个比《审

【说俗解戏】

《战北原》：三国时，司马懿让属下郑文到汉营诈降，谎称司马懿用人不公：重用武艺不如郑文的秦朗。此时，军卒来报秦朗前来挑战，诸葛亮当即派郑文迎战，同时派人暗中观察他。结果只战一合郑文就将秦朗斩于马下，回营后他即遭诸葛亮询问：司马懿营中有几个秦朗？郑文无言以对。诸葛亮大怒要斩郑文，郑文只好招供自己是在诈降。诸葛亮将计就计，命郑文约司马懿劫寨。司马懿得到书信认得是郑文笔迹，欲亲自领兵前往，却被儿子司马昭劝住。司马昭提出先派秦朗去探一下虚实，结果曹魏兵将大败，秦朗也死于乱军之中。李滨声曾在这出戏中饰演郑文。

李七》中的王良戏份更多的一个角色，他心中一直很期望。没想到，因为头天他擅自添加动作的事，这天师傅竟不让他上戏了；而且打那以后，竟然有好长一段时间也没有人再邀李滨声同台。如此，让李滨声心中很是郁闷，为什么费心费力地为演出添彩居然没落好反遭责罚排斥呢？他起先感到自己很冤，后来冷静下来细细思考，终于体会到师傅和同行为什么要惩罚自己。终于，在向师傅诚恳认错之后，李滨声方得以回到自己无比喜爱的舞台，但那次搅戏却在他脑海中留下深刻印象，从此他对自己要求得更严格了。

在李滨声初登氍毹的两年里，因为师从范绍先学花脸，所以他登台多扮净角，偶尔也串演小生、旦等角色。

唱花脸要求用大嗓，这在少年李滨声并不算难事。但不知不觉，每他倒仓了。那一天，李滨声在台上演出《战北原》，他在剧中饰演郑文，不料却在台上“吱花”了，这让好强的李滨声心里无比难受。回到家里，李滨声开始生闷气，他谁都不理，吃饭忌口，小性儿要得要翻天。但李滨声的脾气只敢在母亲面前发，一见到父亲回来他就躲回自己房间里背戏词儿了。那阵子，他居然把红豆馆主《戏典》中五十出戏的总讲生生背了下来

那时，李滨声已经有了修长的身材，加上皮肤白皙相貌俊秀，小嗓也柔细清亮，其实学唱花脸并不是特别适合。赶上倒仓唱不了大嗓，恰好协和票房那时没有人饰演小生，每有重头戏总要花高价从外面请专业演员，于是高叙初就指导李滨声从此改学小生。

虽然自小就无比喜欢京剧中的花脸角色，但这时的李滨声已经不是当年那个任性的娃娃。他想，票房里有那么多唱花脸的老名票，

【说俗解戏】

《八大锤》：又名《断臂说书》《朱仙镇》或《车轮大战》，是一出传统老生戏，故事素材源自《宋史·岳飞列传》。但宋史中并无京戏《八大锤》中的情节，也没有王佐和陆文龙这两个人物。及至清代康熙年间，在钱彩著的《说岳全传》中才出现王佐断臂说降陆文龙的生动故事，京戏《八大锤》大约就是由此改编而成。剧中，岳军与金兵对垒于朱仙镇，不敌岳军的金兀术调义子陆文龙前来助战，骁勇的陆文龙连败宋军中使用双锤的严正方、何元庆、岳云、狄雷四人。参军王佐知陆文龙原系潞安州节度使陆登之子，在陆登死于破城之难后被为金兀术收养，于是他断臂诈降金营，并向陆文龙乳娘薛氏道明来意。在乳娘的相助之下，王佐利用说书机会告知陆文龙真实身世，陆文龙随之回戈，帮助宋军打败金兀术重返故国。李滨声曾在此剧中饰演陆文龙。

自己若坚持唱花脸，很可能再努力也唱不过他们，不如听高老师的话，这样自己上台历练的机会还能多点。

就这样，在高叙初的启蒙指导之下，李滨声开始了自己的小生票友生涯。从学唱花脸改为主工小生，李滨声的这次转换不但更适合自身条件，而且填补了协和票房行当的一个空缺。而《战北原》，则成为李滨声在舞台上出演净角的最后一出戏。

一年多后，李滨声终于度过倒仓，当他可以再度放开嗓音时，心里的快乐无以言表。在协和票房，李滨声俨然是一位特殊人物，他不是主角，却上戏最多；不唱花脸，却喜欢给别人勾脸。那时候，不管是前场中场还是观众最为火爆的晚场，李滨声是有机会就上。他本来就脑子好使，人又好学好动，在票房中除了练唱，他的毯子功和把子功也日益长进，在老票友周子彬的武戏中也经常闪动着李滨声细高的身影。除此之外，李滨声还反串过刀马旦，他为了救场曾在《穆柯寨》中饰演穆桂英，那次反串演出还获得了行家的掌声。

从14岁到20岁，李滨声在协和票房打下了坚实的唱、念、做、打的底子，他也利用这段时间看了不少戏，仅连续观看富连成科班的演出就多达百余场。所以年轻时喜欢调侃的李滨声和别人聊天，总是介绍："我是富连成科班的……"眼见着别人一楞，他心中暗笑，而后才大喘一口气徐徐道出后半句"……热心观众。"如此，必是引得众人大笑。

而后许多年，李滨声也难以抹掉协和票房的影子和那些仿佛已经印刻在脑海中的唱词和念白。直到晚年回忆往事，80多岁的李滨声每每提到在协和票房演过的角色时还会不加思索地道出一长串戏文，其博闻强记之功底令人佩服。

【说俗解戏】

《玉堂春》：明朝官家子弟王金龙爱慕艺名玉堂春的名妓苏三，不惜花费重金与其结识，受到感动的苏三自愿托付终身。后王金龙因钱财散尽穷困潦倒，苏三得知后悄悄赶到他栖身的关王庙给予资助，使他得以返回南京。然而鸨儿设计，将苏三骗卖给山西富商沈燕林为妾，心生嫉恨的沈妻预谋毒害苏三，不料下了毒的面条却被丈夫沈燕林误食。沈燕林中毒死亡，沈妻诬告苏三为凶手，受贿县官将苏三问成死罪，押解至太原三堂会审。不料主审官恰是巡按王金龙，苏三的冤案方得到平反。李滨声曾在这出戏中饰演王金龙。

那些年，李滨声也演了不少戏，其中最为叫座的就是《玉堂春》。有一回，协和票房在奉天大舞台连续五天上演五台大戏，哪一台戏都少不了旦角于振江、净角陈文鼐、丑角赵振文、老生高君林和小生李浴非这五位年轻票友。虽然他们演的节目除群戏外都在中轴或前场，但其倾情演出不仅颇有台缘，就连内行也十分认可。于是，在奉天大舞台的后台老板王明义与“坐包”老艺人张少台的品评中，“协和五小”的名声不胫而走。

“协和五小”中，于振江与赵振文主演的《女起解》、于振江与李浴非主演的《玉堂春》当时都被列为保留剧目经常上演，因此老艺人张少台就曾预言：“这协和五小呀，说不定将来就会出个角儿呢。”若干年后，这番预言果然应验，而且出的“角儿”还不止一个。“五小”中的于振江后来下海由他的师傅王瑶卿改名为于玉蘅，成为著名的旦角教员；其余四位，除赵振文早逝外，高君林、陈文鼐下海后在编剧、表演方面均业绩不俗，而小生李浴非则成为抗战后京城票友中的后起之秀。

协和票房不仅让李滨声的演技日益提高，而且在他的心目中树立起扎实的戏德观念。李滨声清楚地记得，当年大连的净角票友王敬之来到沈阳，提出要和当地的票友共同演出《牧虎关》（又名《黑风帕》），这出戏他师傅范昭先演过。因为听过这位回民票友吊嗓，李滨声知道他的唱功优于自己的师傅，因此惟恐与王票同台演出《牧虎关》对师傅不利。在此之前，曾有哈尔滨的小生票友李双余来沈阳在协和票房清唱《射戟》，而当天李滨声唱的则是《孝感天》。那一日，观众给李双余的喝彩更为热烈，李滨声被“盖了”，心里

【说俗解戏】

《黑风帕》：又名《牧虎关》，是一出由净角担纲的喜剧。剧中讲的是北宋时杨府将官高旺擅使黑风法术，因奸臣专权被贬为民。后军中急需补充良将，佘太君即令杨八姐召请高旺回朝。高旺行经牧虎关时，守关将领张保夫妇施用黑风帕阻拦他过关。高旺击败张保，并在阵前戏谑相貌俊美的张妻达婆。此时，张母上关略阵，认出高旺即是失散多年的丈夫，于是放开通道迎其进关。当得知方才在阵前戏谑之人竟是自家儿媳时，高旺则羞愧难当。李滨声画中表现的，即为高旺戏谑达婆的场景。

总有些不舒服。将心比心，他当然不希望这种事也发生在师傅身上，所以即向师傅提出不要让王敬之演《牧虎关》，建议他改演《飞虎山》。

李滨声提出这个建议心里还有个小九九：若上演《飞虎山》，李存孝一角当非他莫属，如此自己还多一次露脸的机会。可是，师傅范绍先非但没有采纳他的建议，还严肃地教训他：“《牧虎关》是人家提出要演的，那势必是人家的看家戏。咱们若另选一出，不就等于抻练人家？人抬人高，人抬人贵，我们票房是主场，对客座票友尤其要尊重……”

那天登台，范绍先把自己宝贵的私房行头都拿出来供客座票友王敬之扮戏，那种发自内心的无私与大度当时并不为李滨声完全理解，他还心说师傅怎么就这么傻呢？过后细细回味，李滨声才领悟到这就是人们常说的戏德，他对师傅更钦佩了。

细数起来，《牧虎关》也是当年李滨声在协和票房时演过较多的一出戏，他不仅饰演过剧中的小生张保，还反串过刀马旦达婆，其戏路之宽泛，扮相之俊俏由此可见一斑。

谈到戏德，令李滨声难忘的还有许许多多同台演出的演员、票友。比如唱老旦的票友张宴平功底扎实，却为人非常低调，从来不争戏抢戏，让演什么就演什么。当时，协和票房在奉天大舞台上演的剧目中老旦的戏大都不多，只有《四郎探母》中的萧太后是他最光彩的时候。然而，票房有一次排演《打龙袍》，原应用张宴平饰演李后，后来却邀请了一位客座票友来主演老旦。对此，张宴平却没有丝毫不满。终于，在《孝感天》中，张宴平的精湛演出获得了台前台后一致赞美，这位老票友的德艺双馨更令李滨声刮目相看。

【说俗解戏】

《四郎探母》:这是一部清代京戏经典剧目，早在道光四年（1824）的庆昇平班戏单中即已经录有此剧。该剧题材取自于《杨家将的故事》，但故事情节却略有不同。辽、宋战争中，宋将杨四郎延辉被俘，他改名木易，并与辽国铁镜公主成婚。15 年后，杨母佘太君率军来到雁门关，四郎渴望探母，拿着从铁镜公主那里诓来的令箭私自前往宋营。谁料当他连夜赶回辽邦时，却被辽主萧太后拿下准备问斩。后经铁镜公主等苦苦求情，杨四郎方获宽宥。李滨声曾在此剧中饰演杨宗保。

《四郎探母》是李滨声早年经常上演的剧目，也是他最喜欢演的戏之一，因为这出戏每每上演总是被排在大轴。虽然，李滨声饰演的杨宗保在戏中没什么身段，但是中场有一段“娃娃调”还是比较引人关注的，容易“讨巧”。他清楚地记得，一次他问一位“戏篓子：“我头天晚上演的杨宗保如何？”内心里期盼着得到对方夸奖。不料对方反问一句：“杨宗保二次进帐干什么去了？”“看分明呀！”李滨声答道。“那他为什么却给被自己擒获的‘番邦奸细’松了绑，而且与父帅对坐时竟如同没看到一样呢？”这一问提醒了李滨声，请教师傅后，下次再演这段戏，他进帐与四郎打照面时即转身向观众做了一个惊讶状，心想这样总行了吧。谁知下来后还是有人提意见，说：“既然惊讶，那他见了父帅为何只字不提，让他称呼‘四伯父’，他就又乖乖照办呢？”李滨声细一琢磨，人家质问的还真在理。这回他真的懂得：要演好戏中的角色，必须对剧中人的心理活动有深入了解。经过反复揣摩，李滨声把“惊讶”的表情改为“不解”的眼神，在表演上把控得不温不火，力求既合乎情理，又不夺戏。

处于伪满统治下的东北三省没有高中，读完四年制的国民高等学校就算中学毕业了。李滨声中学毕业后没有继续升学。那时沈阳只有一所医科大学，考试的首要条件就是要日语过关。李滨声没上过小学，更没认真学过日语，因此也就放弃了医科大学的报考。他那时唱戏的热情正浓，不上学就意味着可以有更多的时间去看戏、排戏和演戏了。

17 岁的李滨声去报考哈尔滨银行奉天支行，口试时他无意中提到外祖父翁恩裕的名字——翁恩裕曾是沈阳商工银行的常务监察，在东三省的银行界颇有名气。于是李滨声毫不费力地通过了面试，

【说俗解戏】

《斩黄袍》：《斩黄袍》是京戏生角经典剧目之一。讲的是宋太祖赵匡胤取得帝位后黄袍加身，纳河北韩龙的妹妹韩素梅为妃，并终日昵居韩宫，韩龙也由此得到重用。赵匡胤义弟北平王郑恩见他日益骄淫疏理政事，屡次直言劝谏无效，即当廷斥责其昏聩无道。赵匡胤大怒，命人将郑恩捆绑后愤然入宫，韩妃则乘机与其兄谋划将赵匡胤灌醉，而后假传圣旨杀害郑恩。郑恩之妻陶三春知情后率兵逼临城下，赵匡胤懊悔不及，苦求高怀德调停保护。高怀德先斩了韩龙，继而提出杀掉韩妃并封荫郑恩妻子，并赐其黄袍以告慰郑恩忠魂。赵匡胤听从照办，陶三春方才退兵。李滨声曾在此剧中反串饰演陶三春。

成为这家银行的实习生。上班了，一个月66块钱的薪水不算少，这让李滨声有条件自己买票去观摩梨园名角的演出。舞台上，专业演员那些华丽的行头让李滨声心里发痒，他琢磨着也该给自己置件行头了。

其实，从学戏之时起，李滨声就注意到好几位老票友都有自己的私房行头，这让他心里十分羡慕。恰好，师傅的“跟包”向他透露，有人想出让一身“靠”，这显然比置办新的上算。于是，在师傅“跟包”的介绍下，李滨声花120块钱买回了一身绣工相当不错的“靠”。他得意洋洋地把行头带回家，但仔细一看绣活不是插针而是对针绣的，穿到身上还短了一截，这让李滨声有点郁闷。然而让他更郁闷的是在第二天，有人告诉李滨声，他这身“靠”是下五色的皎月，旦角反串小生穿上合适，正规小生穿这样的行头却不够大气。这意味着，李滨声露了个大怯，花两个月薪水买下的这件行头其实是女装。无奈，李滨声又托那位“跟包”悄悄卖掉了这件戏服。一买一卖，让他亏掉半百，还搭给“跟包”三块钱车资。

借台练戏，是李滨声演艺技巧不断提高的一个秘诀。那时候，因为票友能卖“红票”，许多名角都经常与票友合演。这是一种两不找的形式，票友和名家搭台虽不用花钱，但也没有分文的报酬，有些出点名的票友不愿意干。而李滨声则是只要有机会就上，如此不仅增加了他学习实践的机会，同时也让他认识了不少梨园名流。

1944年以后，李滨声根据自身的条件，在戏路上更加侧重翎子小生。翎子小生是介于文武之间的一种特殊小生，需要文武兼备。演出时，翎子小生要将两根长达二米左右的雉鸡翎子插在头上作为装饰，然后凭借翎子做出许多舞蹈动作来。因此，凡是能演翎子小

【说俗解戏】

《黄鹤楼》：这出戏是翎子生的代表剧目，虽然讲的是三国故事，但并非出自罗贯中的《三国演义》。刘备向东吴久借荆州不还，气怒的周瑜在黄鹤楼设宴邀其过江，但却埋下伏兵，意图逼迫刘备归还荆州。刘备在赵云陪伴下赴宴，被周瑜困于楼内。此时赵云取出诸葛亮锦囊，发现里面是当年周瑜请诸葛亮祭借东风时所赠的令箭。于是赵云借此保驾刘备闯出重围，顺利返回驻地。此戏对翎子生的身段、念白、唱腔要求都很高，当年叶盛兰的表演曾有“活周瑜”之誉。李滨声私俶叶盛兰，在这出戏上也有相当功夫。

生的，一般都要有一些武功，而且必须扮相很英俊，气势威武。在一些传统剧目中，如《群英会》《黄鹤楼》中的周瑜、《辕门射戟》中的吕布，以及《四郎探母》和《穆柯寨》中的杨宗保等都属于翎子小生的角色。从专业的角度说，翎子生与武小生是有很大区别的，后者以打为主，主要显示的是武功身段，而翎子生则以唱、念、做为主，需要充分运用头上顶的翎子展现人物的内心世界和情绪，从而令观众通过动作领悟人物的心理活动。

李滨声学的第一出翎子生剧目是《黄鹤楼》。后来，他的花脸师傅范绍先拟排《临江会》，曾安排李滨声饰演周瑜。《临江会》是京戏中的传统剧目，老生、小生、花脸的戏都很重。李滨声曾向之问艺的张菁华老师特为他说过这出戏，但他当时并未学成，所以这出戏最终也没能在协和票房演出。

在协和票房的六年，是李滨声票友生涯的重要阶段。在这里，他从一个喜欢京戏的孩子成长为一个能够撑得起台面的当家小生，而在学戏与唱戏的过程中，许多老票友的谆谆教诲更令李滨声终生难忘。

六年时光，也使李滨声从一个只会唱段活的爱戏孩子，成长为一个能够在舞台上驰骋彩唱的出色票友，几年的历练，他不仅能够唱花脸唱小生，还能反串旦角。这些年，他演过的剧目和角色多多，其中花脸角色有：《连环套》中的大头目、《问樵闹府》中的煞神、《黄金台》中的伊立、《雍凉关》中的郑文、《华容道》中的张飞、《空城计》中的张郃、《清风寨》中的李逵和《遇皇后》中的包拯等。在这些角色中，他最崇拜的形象是包公，最喜欢的扮相是张飞，而对他的演艺起到决定性转折作用的却是李逵。

【说俗解戏】

《双狮图》：又名《举鼎观画》或《薛蛟颁兵》，是一出老生、小生和丑联演的传统剧目。唐武则天时，因薛刚闯祸而至薛家满门抄斩，薛刚逃出。时薛刚之兄薛猛的儿子薛蛟尚在襁褓，薛猛的至友徐策在朝为官，闻信后前往法场暗将自己的儿子换下薛蛟，以留薛门后裔。但就在行刑之时，一阵狂风将徐策之子吹走。薛刚出逃后占据寒山并屯兵练武，意为复仇，薛蛟则在徐宾长大且臂力过人。一日，徐策上朝，薛蛟与书童在门外玩，竟将石狮举起戏耍。待徐策回府，见狮易地，得知是薛蛟所为。于是，徐策给薛蛟展示了薛家被难图，并知之薛蛟他实为薛门后裔。薛蛟闻言大哭，誓报血仇。徐策即修书一封，嘱薛蛟至寒山找其叔父为薛家报仇。李滨声曾在此戏中饰演薛蛟。

转为小生之后，李滨声上台的机会更多了，《盗宗卷》中的张秀玉、《打面缸》中的张才、《珠连寨》中的大太保、《百寿图》中的赵彦、《查头关》中的刘唐建、《打严嵩》中的常保童、《黄金台》中的田法章、《定军山》中的刘丰、《四进士》中的刘旦、《四郎探母》中的杨宗保、《玉堂春》中的王金龙、《举鼎观画》中的徐蛟、《小显》中的罗成、《孝感天》中的恭书段、《夺小沛》中的周瑜、《审李七》中的王良、《取洛阳》中的岑彭、《断密涧》中的李世民、《打龙袍》中的仁宗、《岳家庄》中的岳云，还有全部《忠孝全》（带《法场》《接旨》）中的秦季龙等等，都被他演得活灵活现。

李滨声演戏有个特点，那就是从来不挑角色，哪怕是一个“二路”或者“底包”配角，他也会演得一丝不苟。正是这种对待京戏的挚爱与毫不挑剔，才使李滨声那些年在票房接触并出演了许多的传统戏，从而成为协和票房中的“重要角色”，同时也为他以后成为梨园内外公认的“戏包袱”打下了基础。除了自身行当，因为扮相俊俏、嗓音清亮和武功底子好，李滨声当年在票房也经常反串一些旦角戏，他饰过《斩黄袍》中的陶三春、《下河东》中的呼延寿亭的妹妹、《牧虎关》中的达婆，还有《穆柯寨》中的穆桂英。不过因为李滨声个子太高，演旦角时总有鹤立鸡群之感，他颇有些不好意思，否则他反串的角色还会更多。

1945 年 8 月，日本侵略者投降了，伪满洲国政府倒台了。那些日子，沈阳的伶票两界一场接一场地演出庆贺，李滨声和票房的小伙伴们忙得不可开交，京剧成为这个 20 岁的青年抒发心中情感的最好形式。

【说俗解戏】

《岳家庄》：这出戏源自于是《说岳全传》第四十四回“杀番兵岳云保家属”的故事。岳飞长子岳云自幼膂力过人，喜欢使枪弄棍。一次，岳云郊游在庙中避雨，于梦中得一雷将军传授锤法，但他回到家练习时却被母亲岳夫人一顿责打。岳云 12 岁那年，金兀术密遣番将雪里花豹及张兆奴率兵赴汤阴偷捕岳飞家属，企图以此胁降岳飞。这时牛皋来见岳母，知岳云习武便约他一同助战。小小岳云将一对大锤舞得如花，番将雪里花豹与张兆奴也在他的锤下丧了命。而后援兵赶到，数千番兵均被杀伤、俘虏，小岳云从此名威南宋。李滨声曾在此剧中饰演岳云。

《岳家庄》这出戏对李滨声有特别的意义。《岳家庄》属于“姜派”[①]重戏，李滨声的《岳家庄》是由姜派传人张菁华亲授，所以他不仅在剧中主演岳云，而且还能记下其他角色的戏词。至今，李滨声还清楚地记得庆贺抗战胜利的那次登台是由陈文鼐饰演牛皋、张宴平饰演岳母、胡梦斗饰演岳夫人、赵振文饰演岳安、他师傅张菁华的次女助演银屏，雪里花豹和张兆奴由奉天大舞台的底包助演，打鼓的是青年鼓师顾宝章。因为是平常不演的戏，这次师傅张菁华不仅担任把场，还将自己的行头——孩儿发珠子头和银锤借给李滨声。

在剧中，尽管岳云在战场英武非凡，但他到底只是一个 12 岁的少年，在祖母、娘亲、叔辈面前仍不免显出孩童的稚气。岳云因违背母训而心虚胆怯，牛皋试掂其锤惊讶其重，他惟恐母亲听见又要怪罪的慌张神情都被李滨声在台上传神表现，因此演出后不仅获得热烈的掌声，而且得到了行家的首肯。

那场演出后，在沈阳伶界有“活周仓”之称的王奎升迎着李滨声连声说“不赖，不赖”。李滨声当时嘴上说着自谦的客气话，心中却对此评价并不满足，他想，“不赖”算个什么评价呢？李滨声的神色被老票友吕三爷看在眼里，过后他对李滨声说：“台下叫好不算，后台点头才成；学了不等于会，会了不等于好……”

一番话，使李滨声认识到了内行赞许的分量，在对自己的能力又多了一份自信的同时，他更深刻地领会到艺无止境的道理。

沈阳协和票房，已经把李滨声从一个对京剧懵懂的痴戏少年打造成一个能在舞台上驰骋的知名票友，下一步，等待他的就是机遇。

---

① 姜派是指京剧名家姜妙香所创建的小生流派。姜妙香非常讲究演唱技巧，又对小生唱腔进行了全面改革，故而他所创建的姜派极为受崇，梨园内外都以能唱好姜派常演出的剧目为荣。姜妙香常演的《孝感天》《飞虎山》《白门楼》《辕门射戟》《叫关》《小显》《监酒令》《玉门关》这几出戏，也被人们称之为“姜八出”。

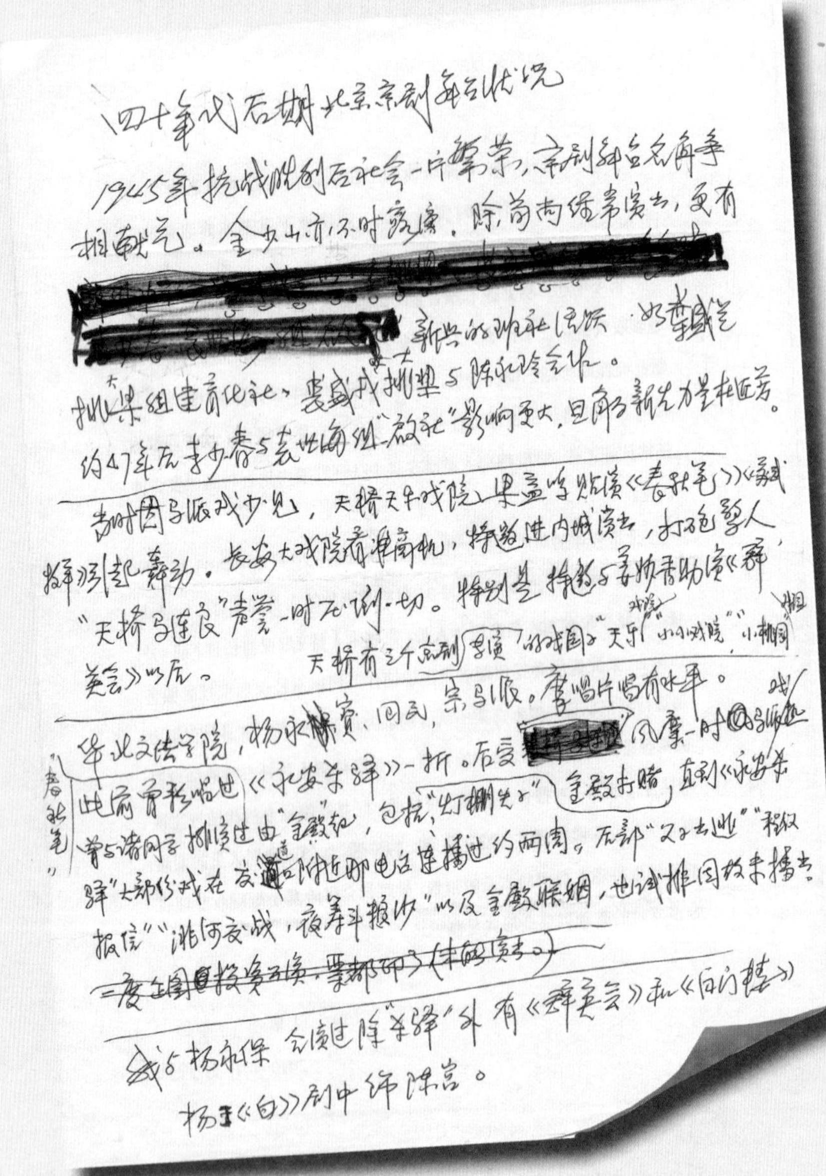
四十年代后期北京京剧舞台状况
1945年抗战胜利后社会一片繁荣，京剧舞台名角争
相献艺。金少山亦不时露演。除荀尚经常演出，更有
[redacted] 新兴的班社活跃，如李盛藻
挑大梁组建育化社，裘盛戎挑大梁与陈永玲合作。
约47年后李少春与袁世海组"起社"影响更大，且角色新生力量相继涌现。
当时因马派戏少见，天桥天乐戏院、吴盛珍演《春秋笔》《义战
挨得引起轰动。长安大戏院看准商机，特邀进内城演出，打破艺人
"天桥马连良"声誉一时压倒一切。特别是特邀与姜妙香助演《辞
美会》以后。 天桥有三个京剧专演戏园："天乐""小小戏院""小桃园"
宗马派。李唱片唱有水平。
华北文法学院，杨永宽、回民，
此前曾私唱过《永安东驿》一折。后受 [redacted] 风靡一时马派戏
曾与诸同学排演过由"全毅社"，包括"灯棚关"金毅打赌，直到《永安东
驿"大部份戏在交道口附近那电台连播过约两周，后部"父子出逃""投奔
报信""淮河交战，夜寻斗粮"以及金毅联姻，也试排因故未播出。
"春秋笔"
二度在国民党统治下，票都印了（未能演出）。
戏与杨永保 会演过除"东驿"外有《辞美会》和《白门楼》
杨主《白》剧中饰陈宫。

京城名票

1945—1949

◎ 进入中国大学

◎ 追踪叶盛兰三年捋叶子

◎ 大马神庙王瑶卿家的常客

◎ 长安大戏院彩唱《白门楼》

【说俗解戏】

里九外七皇城四：这是指李滨声到北平时见到的 20 个城门，其实老北京的三层城寰共有 23 个城门。里九，指的是北京大城（又叫内城）共有九座城门。北京的内城最早是元朝规划修建的，当时的城址确定为南自前三门以北，北至健德门桥一线，东西就在今天的东、西二环路以内。元朝的大城共有 11 个门，东、西、南各有三个，北面两个，这 11 个门取意自中国著名古神哪吒形象的三头六臂脚踏两只风火轮。1403 年明军占领北京后重建都城，先将大城北城墙南移了五里，后又将大城南墙向南推出了五六百米，这样，内城北墙就移到了现在北二环路一线，南墙移至现在前三门一线。明代将元代的北墙城门和南墙城门随移保留，但在东西两则却因为北城墙南移过多而各去掉一个门，这使得原来东、西城墙的光熙门和肃清门就变成了历史地名。大城九门分别为南墙的宣武门、正阳门（即前门）和崇文门；北墙的德胜门、安定门；东墙的东直门、朝阳门和西墙的西直门、阜成门。

外七指的是北京外城的七座门。北京于明嘉靖三十年（1551）开始修建外城，耗时 12 年。本来当朝大臣是想在大城外面再建一圈城墙，可因为人、财、物力都不够，所以就修了南边

1946年春节过后，李滨声来到了北京，那时候这座古城还叫北平。

来北平的决定是在一天晚上突然做出的。李滨声的弟弟从小就在北京上学，回家过年之后要返校，因为外公去世后舅舅回到沈阳定居，北平的房子缺少人气，于是父亲想让李滨声与弟弟一同在北京上学搭个伴，对此李滨声毫不犹豫地同意了——北平是京戏的发源地，那里的戏园多，名角名票多，上演的剧目更多，这些早就对李滨声有着极大的诱惑。

次日一早，李滨声即和弟弟一起乘火车入关前往北平。

说实话，酷爱京戏的李滨声脑子里不是没闪出过下海的念头，但那时候凡是能供得起孩子上学的家庭是绝不允许子孙投身梨园的——道理很简单，唱戏的在过去被称为戏子，那是一个在社会上被人看不起的下九流职位。所以尽管当时有许多如袁克文、齐如山那样的豪门显贵或者文人墨客酷爱京戏，但也不过都是票友而已。所以，下海的念头在李滨声脑子里也就是瞬息而逝，到了北平他真正的目的是读大学。

不足15公里的一段。这段外城一共开了七个门，其中南面有三个，即当中与内城正阳门相对的永定门和它东西两边儿的左安门、右安门，东西两墙分别开了广渠门和广安门。当时，为了人们出城方便，在东北把角儿和西北把角儿朝北方向又开了两个比较小的城门，即为东便门和西便门。

皇城是明代迁都北京后的宫城，原来共有七个门。皇城的门在南面就有四个，从东往西依次是长安左门、承天门和长安右门，在承天门南面还有一道外拱门叫大明门；皇城东、西、北面各有一门，分别被命名为东安门、西安门和北安门。清朝时，承天门被改为天安门，北安门被改为地安门，大明门被改为大清门，其余城门的名字未变。北京的皇城是从20世纪20年代遭到破坏的，随着大清门与长安左门、长安右门的被损毁，后来人们熟悉的皇城只有四个，即天安门、地安门、东安门和西安门，所以李滨声在他的画中也将皇城之门记述为“皇城四”。

随着历史的变迁，李滨声当年见过的20座城门现在只剩下皇城的天安门和内城的正阳门，另有德胜门箭楼和东便门箭楼，其他诸门与城楼早已在战乱或动乱中被夷为平地[①]。但“里九外七皇城四”的20座城门地名却被保存下来，它们至今还和现在人们的生活连在一起。

① 现在的永定门和东便门都是后来仿造的。

【说俗解戏】

西贵：“东富西贵”是老北京的一句名谚，最早记载和解释“东富西贵”的是清末满族学者震钧，他在其所著《天咫偶闻》卷十记曰：“京师有谚云：‘东富西贵’，盖贵人多住西城，而仓库皆在东城。”所谓东，实际上包括了内城的朝阳门至东直门和崇文门以南的商业地区。从明代起，由于通惠河的末端航运被切断，从水上商路大运河运来的物品都集中在内外城的东部地区，所以在内城东面的朝阳门至东直门一带有很多仓储之地，在崇文门到前门一带也形成许多特色商圈，这里也成为商人们集中居住的地方，故而有了“东富”之概说。“西贵”的形成也有历史原因。一是当时的达官王府多修在皇城西面；二是明末恢复了科举制度，位于外城之西的宣南地区成了会馆的集中地，这里住的读书人多，文化气氛较内外城东部要浓郁许多；三是清初规定汉人不能住内城后，许多官员不愿意与商人为邻，他们择地而居时就选择了商业气氛较弱的外城西部。所以“西贵”不仅是指王府集中的什刹海至西单一带，也包括会馆林立的外城西半部。

按李滨声本意，他到北平后想上艺专学美术，这样还可以有更多的时间看戏、票戏。但是他父亲不同意。从择业原因考虑，父亲主张他学习政经，于是21岁的李滨声到北平后即入读中国大学政治系。

中国大学是民国初年孙中山仿照日本的早稻田大学在北京创办的，1913年4月13日正式开学，其前两任校长为宋教仁和黄兴（宋教仁未及开学即遇刺身亡）。11年后，孙中山又在广州东南的黄埔岛建立了黄浦军校，所以在国民党故老眼中，中大与黄埔的份量是一样的，它们是孙中山亲手创办的一文一武两所国民大学。中大在北平的声望很响，以李大钊、李达、吴承仕、杨秀峰等为代表的一批“红色教授”曾经在中大任教，从那座校园里也走出过不少知名人士。让李滨声后来一直自豪的是，他和小说《红岩》中华子良的原型韩子栋是校友，在他的相册中，还有一张后来与韩子栋的合影。中国大学于1949年3月停办，李滨声是这所大学的最后一届毕业生。

因为中国大学是“三民主义青年团”的创始地，故而在新中国成立后的历次运动中，凡中国大学的毕业生都免不了受到审查。1957年李滨声被划为右派，曾有人要他老实交代为什么当年要上中国大学而不选择清华、北大？“我考不上呀。”李滨声随口回答。“你胡说！”那人怒而拍案。“我真不是和您客气……”李滨声连忙辩解。此语引得哄堂大笑，并被斥为“咆哮公堂”，致使李滨声遭到进一步批斗。

初到北平，李滨声对一切都很新鲜，京城的四九城门和什刹海更是成为他常去吊嗓子的地方。他后来画过许多北京民俗画，亦成为著名的北京民俗学家，这足以说明北京留给他的深刻印象。

李滨声到了北平，最吸引他的当然是京戏。

【说俗解戏】

老戏园的变迁：20世纪40年代，如“长安大戏院”这样的新戏园子已经较30年代末有较大不同。在这里，虽然门前水牌依旧，但是两米多高或红或黑的水牌却显得更加时尚。场子里，当年的四方茶桌已经换成大排坐椅，戏院里也不再卖茶，因此极具传统风情的“手巾把”消失了。但当时许多观众还保留着喝茶看戏的习惯，因此每个坐椅后面有一个小支板用以放置茶壶，但茶具和茶却是要由自己带了。

自有水月灯
戏园子始有夜
场戏俗称灯
晚

【说俗解戏】

水月灯：20 世纪初，电灯还没有在中国普及，那时的戏园子是没有夜戏的。直到 20 世纪 20 年代，汽灯的发展促使旧戏园子加开了夜场，人们俗称其为“灯晚戏”。汽灯又名水月灯，将其点燃后悬挂在戏台两侧，顿时令舞台明亮如昼。长安大戏院初时也使用汽灯，有电灯之后即不用了。1948 年因时常停电，戏院即把搁置已久的汽灯挂了出来，这样即有不同的舞台效果，遇到停电时还可以照演夜戏。

二十年代继水月灯
又出现了
汽灯
廣德樓
而戏园
子广泛应
用甚至门前也
挂一盏以招徕观众

【说俗解戏】

全部《罗成》：传统京戏中，有一出的很著名折子戏——《罗成叫关》，其剧情源自于《说唐全传》第六十回〝紫金关二王设计，淤泥河罗成捐躯〞。《罗成叫关》是一出小生戏，但却因其对唱功与武功的要求甚高并非一般小生都能演出此剧目，因此历代小生中的佼佼者都以能演此剧显示自己唱功的卓越，从历史资料查阅，德珺如、朱素云、姜妙香、俞振飞都演出过此剧目。20世纪40年代中期，叶盛兰以小生挑班，在王连平的全部《罗成》基础上着重刻画人物，使之成为育华社的看家剧目，叶盛兰每到一地演出，必以《罗成》为打炮戏而赢得座中必满，《罗成》也随着叶盛兰的精湛演出而红遍大江南北。可以说，全部《罗成》为叶派小生艺术的创立与发展立下了汗马功劳。

抗战胜利后的北平一片繁荣，看京戏更是成为老百姓最喜闻乐见的一种娱乐形式。那时候，各路老戏班纷纷进京抢占市场，新兴的一些班社更是演出活跃。于是乎，京戏界的大腕儿名角争相登台，金少山、李少春、叶盛兰、裘盛戎、荀慧生、尚小云等等这些耳熟能详的名字轮番出现在各大戏院的海报上，那种你方唱罢我登场的缤纷景象令票友戏迷大为快活。

当时，李滨声住的卧佛寺街离西单不远，而西单这地界儿对他形成最大诱惑的即是长安大戏院。这座建于1937年的大戏院是当时北平最时尚的一座戏院，由于设备新颖又地处市中心，因此梨园名角都以能到此地演出为荣，至于票友，那更是以能在长安大戏院露脸演出为莫大的荣耀。

那几年，李滨声在长安大戏院看过许多名角的演出，尚小云的《摩登伽女》以及他与小翠花合作的《梅玉配》、金少山的《霸王别姬》等精彩剧目都给他留下深刻印象，但让李滨声最为痴迷的却是叶盛兰的《罗成》和《白门楼》。

叶盛兰出自梨园世家，他的祖父叶中定曾是四喜班的净角台柱，而其父叶春善更是中国最早的著名戏曲教育家，由他创办的富连成社为京戏各行当培养出了众多出色的艺人。叶盛兰从9岁起辍学从艺，是富连成社第四科的杰出小生，他的小生戏和武生戏都受教于当时中国第一流的优秀艺术家，他不仅全面继承了其师傅清末著名小生程继先门派唱念做打诸方面的表演艺术，而且在吸收各家唱腔、唱法精华的基础上，开创了扮像英武清秀、唱腔华丽秀劲、念白情真意切、武打纯熟脆帅的一代叶派小生风格。

李滨声观叶盛兰全部《罗成》之素描

李滨声少年时常看富连成的演出，对叶盛兰之名并不陌生。待他在协和票房出演小生之时，叶盛兰也正在北平和上海的舞台大红大紫，从那时起，叶盛兰就成为李滨声心中最为仰慕的偶像。事也凑巧，李滨声初进北平，正逢叶盛兰成立育华社、在京戏舞台上首开小生挑班先河之时。那时候，作为最负盛名的中国京戏首席小生，叶盛兰正以《吕奉先》、全部《罗成》等雉尾生和武小生戏活跃于氍毹，他文武双全、形神兼备的炉火纯青演技，在梨园内外赢得“活罗成”“活吕布”之誉。

叶盛兰的表演让李滨声着了迷，他尤其对那个扮相英气逼人的“罗成”爱得发疯。为此，他不惜屡屡翘课，一连三年场场不落地追着叶盛兰看全部《罗成》这部戏，每次看戏还邀约上包括师傅高叙初先生在内的几个沈阳票房故旧，然后大家伙就细致分工帮他“捋叶子”。

李滨声对叶盛兰的“叶子” 捋得极为彻底，叶氏每有演出，他不但邀约几位故旧到场，而且分工极为细致，哪几个听场面、记扮相，哪几个记台词、记唱腔、记身段……而他自己则利用绘画的优势，三下两下就把动作记录下来。每次看完戏，李滨声回家就忙起来。他不仅要将“捋”下的“叶子”进行综合还原，画出系列图谱，还要展腰抬腿照着图里的姿式练习，常常一干就是通宵。因此上大学那几年，李滨声在“捋叶子”方面所下的功夫远远超出了听课作业，而且无师自通地把叶盛兰的打炮戏全本《罗成》和《白门楼》学得惟妙惟肖。

让李滨声没想到的是，这次“捋叶子”使得他无意中为梨园界留下了一笔宝贵资料。1957 年，叶盛兰被打成右派，他的艺术演出受到极大限制。1978 年，弥留之际的叶盛兰留下话儿：“小生这行可不能绝了啊。老先生们有多少东西没传下呀，就是我身上会的这点儿东西，也该给后辈留下来呀。”可惜，由于 20 多年受到的不公待遇，叶盛兰的剧目没有文字留传下来。1985 年，有关人士整理叶派小生艺术，李滨声当年捋下来的全部《罗成》总讲即成为珍贵资料。1991 年，由李滨声与李舒、朱文相合作的《叶盛兰与叶派小生艺术》一书出版，全部《罗成》总讲得以留字于京剧史册。叶盛兰的后人因此一直很敬重李滨声，但李滨声却说他这是“捋叶还叶”。

更让李滨声没想到的是，这次“捋叶子”还成就了他的梦想——次年，也是在长安大戏院，他粉墨登台演出《白门楼》，努力模仿叶盛兰的路子，足足地过了一把唱戏的瘾。

事实上，李滨声对《白门楼》并不陌生，他在东北时曾经唱过这出戏的清音桌，但对于彩唱，却是从未摸到过机会。

图 11：涮马鞭同时甩发

图 12：“西北风……”

图 13：“耳边厢……”

图 14：“想必是……”

李滨声捋叶子画图——全部《罗成》第十四场部分亮相身段

【说俗解戏】

“捋叶子”：所谓“捋叶子”是过去梨园界的一个行话，是指在别人演出时记下其有特色的表演方式，然后研习模仿用在自己的演出中。如果是票友，利用“捋叶子”的方式学艺则被称为“私俶”。

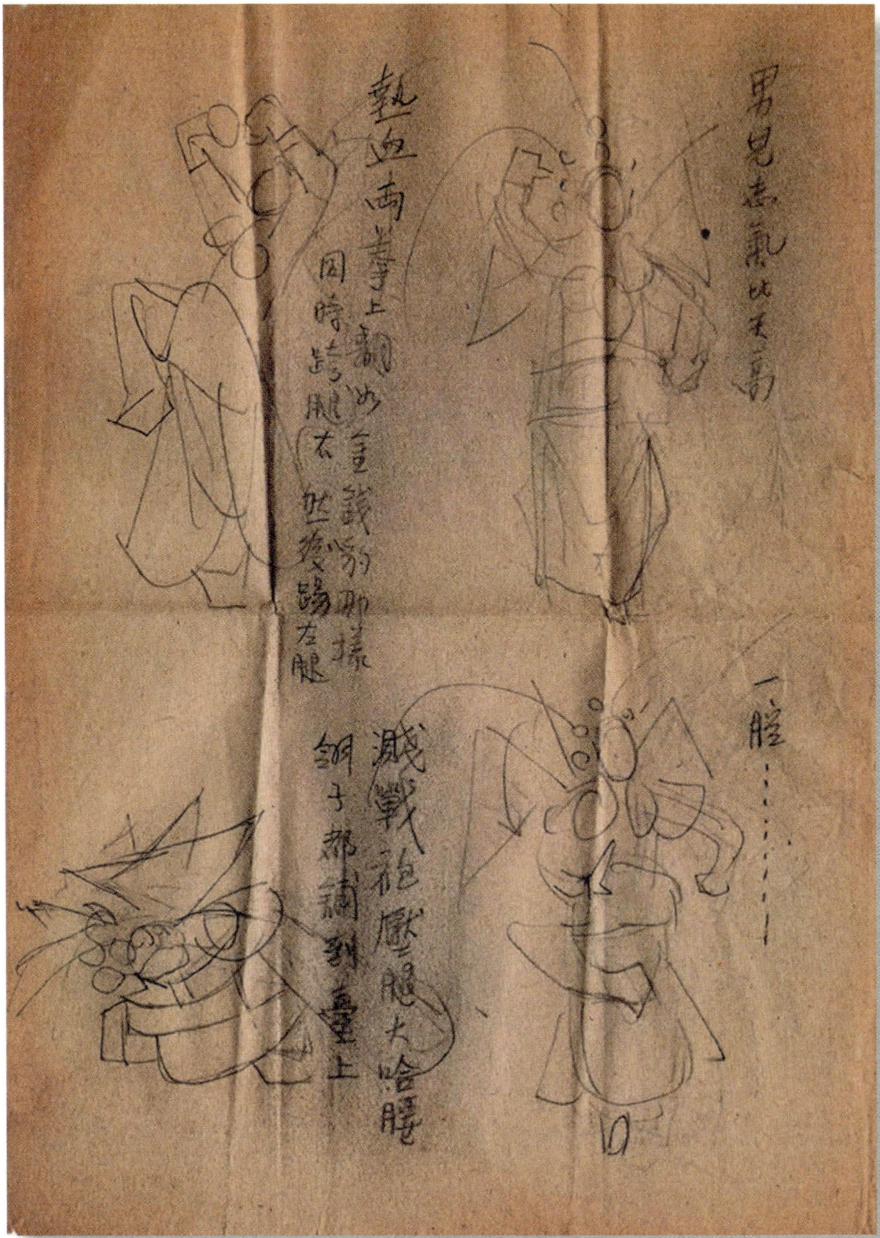

李滨声 70 年前捋叶子画图原稿之一

这些图当年是作为铺箱纸垫底才躲过了“文革”中被付之一炬的厄运

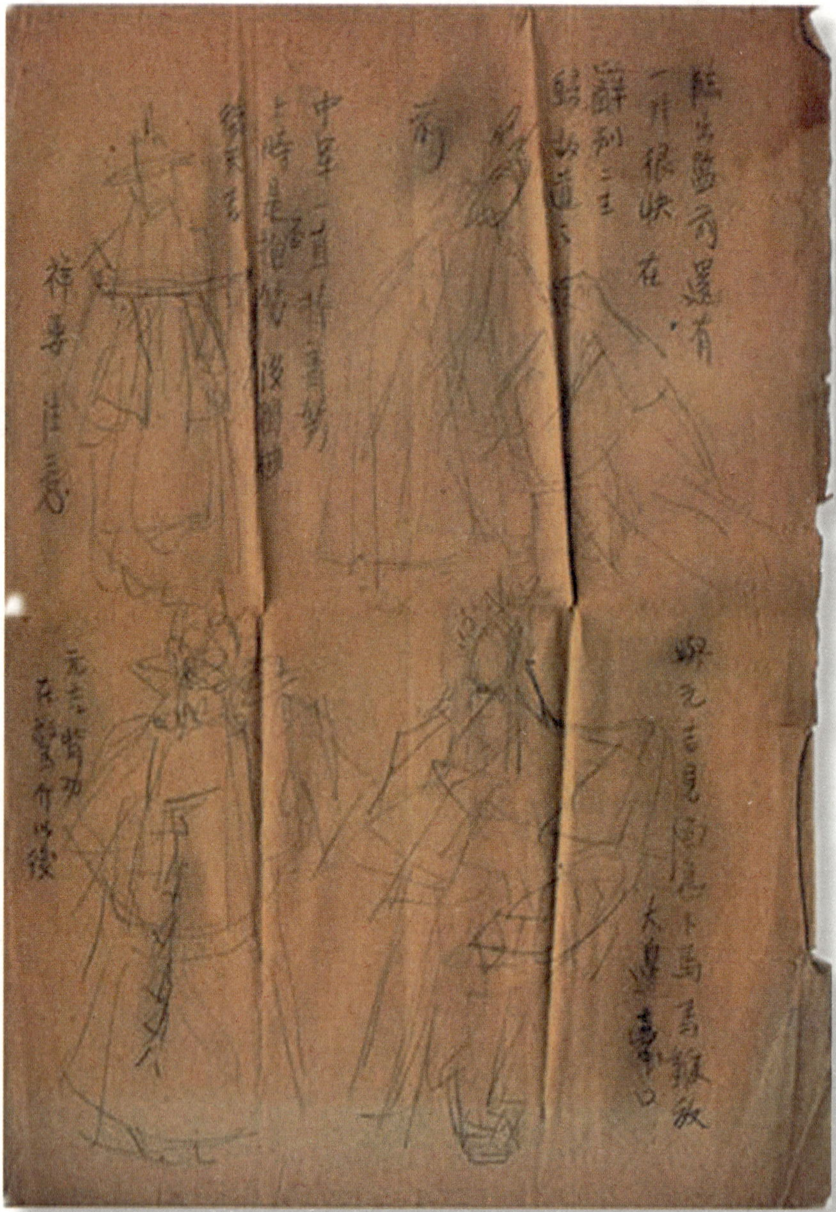

李滨声 70 年前捋叶子画图原稿之二

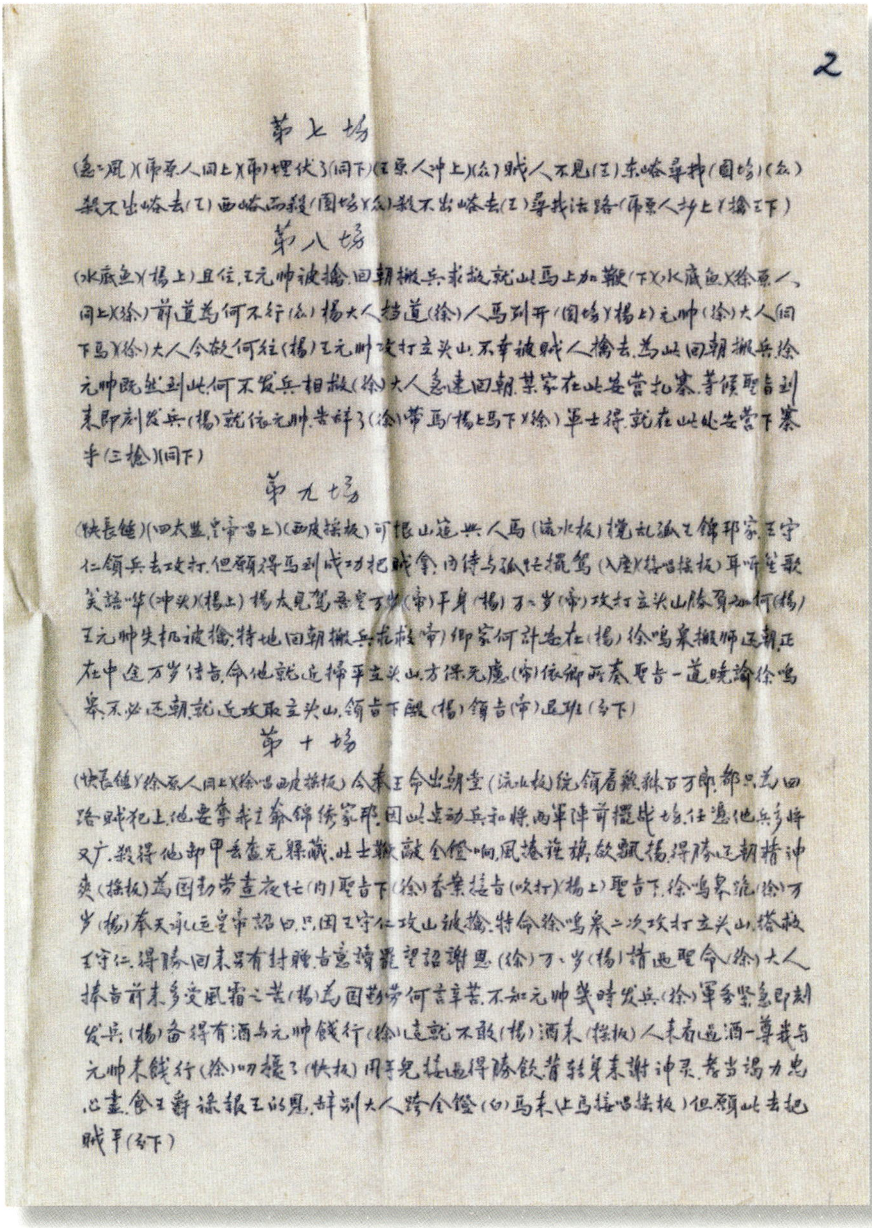

2

第七场

(急急風)(帥原人同上)(帥)埋伏了(同下)(王原人沖上)(众)賊人不見(王)东峪尋找(圆场)(众)殺不出峪去(王)西峪而殺(圆场)(众)殺不出峪去(王)尋找活路(帥原人沖上)(擒王下)

第八场

(水底魚)(楊上)且住,王元帥被擒,回朝搬兵求救,就此馬上加鞭(下)(水底魚)(徐原人同上)(徐)前道為何不行(众)楊大人擋道(徐)人馬列开(圆场)(楊上)元帥(徐)大人(同下馬)(徐)大人今欲何往(楊)王元帥攻打立头山,不幸被賊人擒去,為此回朝搬兵,徐元帥既然到此,何不发兵相救(徐)大人急速回朝,某家在此安营扎寨,等候聖旨到来即刻发兵(楊)就依元帥,告辞了(徐)带馬(楊上馬下)(徐)軍士得,就在此处安营下寨手(三槍)(同下)

第九场

(快長錘)(四太监,皇帝同上)(西皮摇板)可恨山寇興人馬(流水板)攪乱孤王錦邦家,王守仁領兵去攻打,但願得馬到成功把賊拿,内侍与孤忙擺駕(入座)(接唱摇板)耳听笙歌笑語嘩(冲头)(楊上)楊太見駕吾皇万岁(帝)平身(楊)万万岁(帝)攻打立头山勝負如何(楊)王元帥失机被擒,特地回朝搬兵求救(帝)卿家何計安在(楊)徐鳴皋搬师还朝,正在中途,万岁传旨,命他就近掃平立头山,方保无虞(帝)依卿所奏,聖旨一道,晓諭徐鳴皋不必还朝,就近攻取立头山,領旨下殿(楊)領旨(帝)退班(分下)

第十场

(快長錘)(徐原人同上)(徐唱西皮摇板)今奉王命出朝堂(流水板)統領着貔貅百万郎,都只為回路賊犯上,他要奪我主爺錦綉家邦,因此上动兵和將,兩軍陣前擺战場,任憑他兵多將又广,殺得他卸甲丢盔无躲藏,此士歡敲金镫响,風擺旌旗飲飘揚,得勝还朝精神爽(摇板)為国勤劳晝夜忙(内)聖旨下(徐)香案接旨(吹打)(楊上)聖旨下,徐鳴皋跪(徐)万岁(楊)奉天承运皇帝詔曰:只因王守仁攻山被擒,特命徐鳴皋二次攻打立头山,搭救王守仁,得勝回来另有封贈,旨意讀罷,望詔謝恩(徐)万万岁(楊)請過聖命(徐)大人捧旨前来多受風霜之苦(楊)為国勤劳何言辛苦,不知元帥幾時发兵(徐)軍务紧急即刻发兵(楊)备得有酒与元帥餞行(徐)這就不敢(楊)酒来(摇板)人来看過酒一尊,我与元帥来餞行(徐)叨擾了(快板)用手兒接過得勝飲,背转身来謝神灵,甚当竭力忠心盡,食王爵禄報王的恩,辞别大人跨金镫(白)馬来(上馬接唱摇板)但願此去把賊平(分下)

李滨声的老师高叙初向其所授《螺蛳峪》戏本原稿

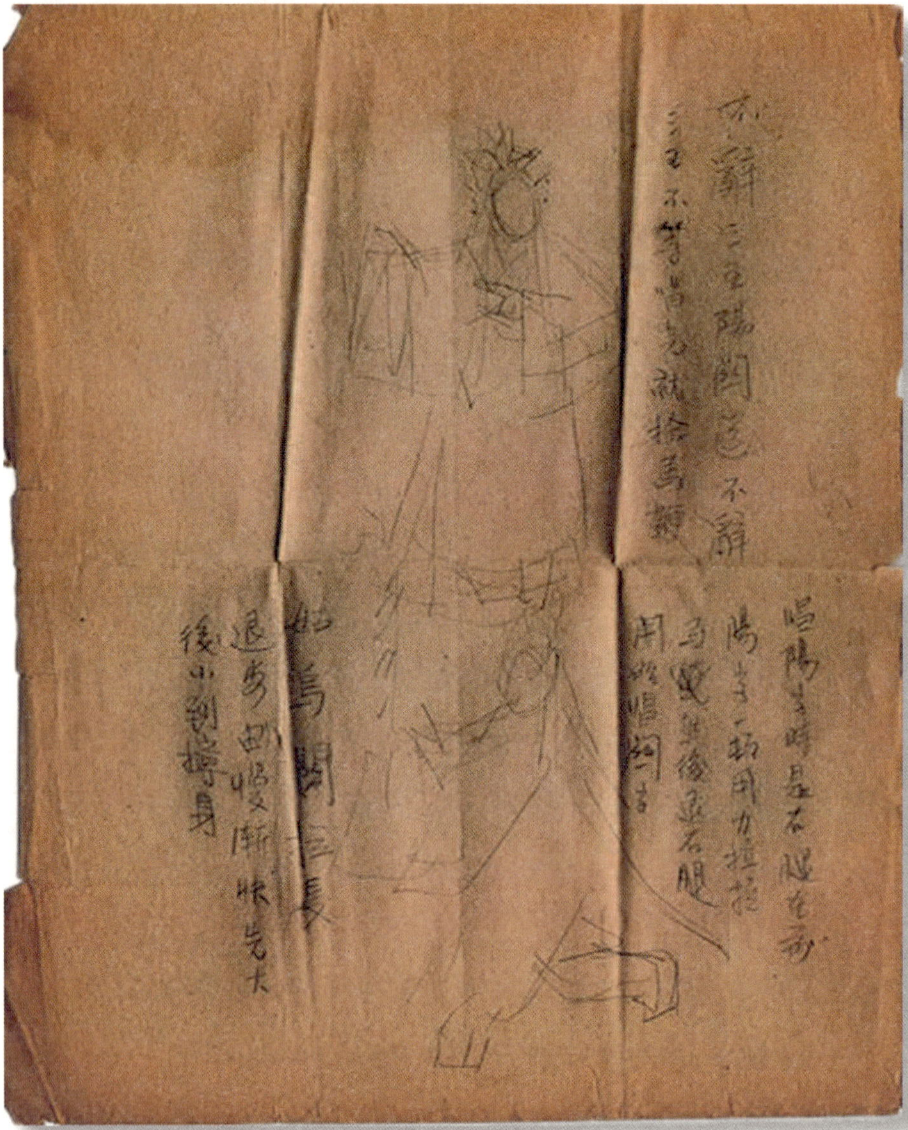

李滨声 70 年前捋叶子画图原稿之三

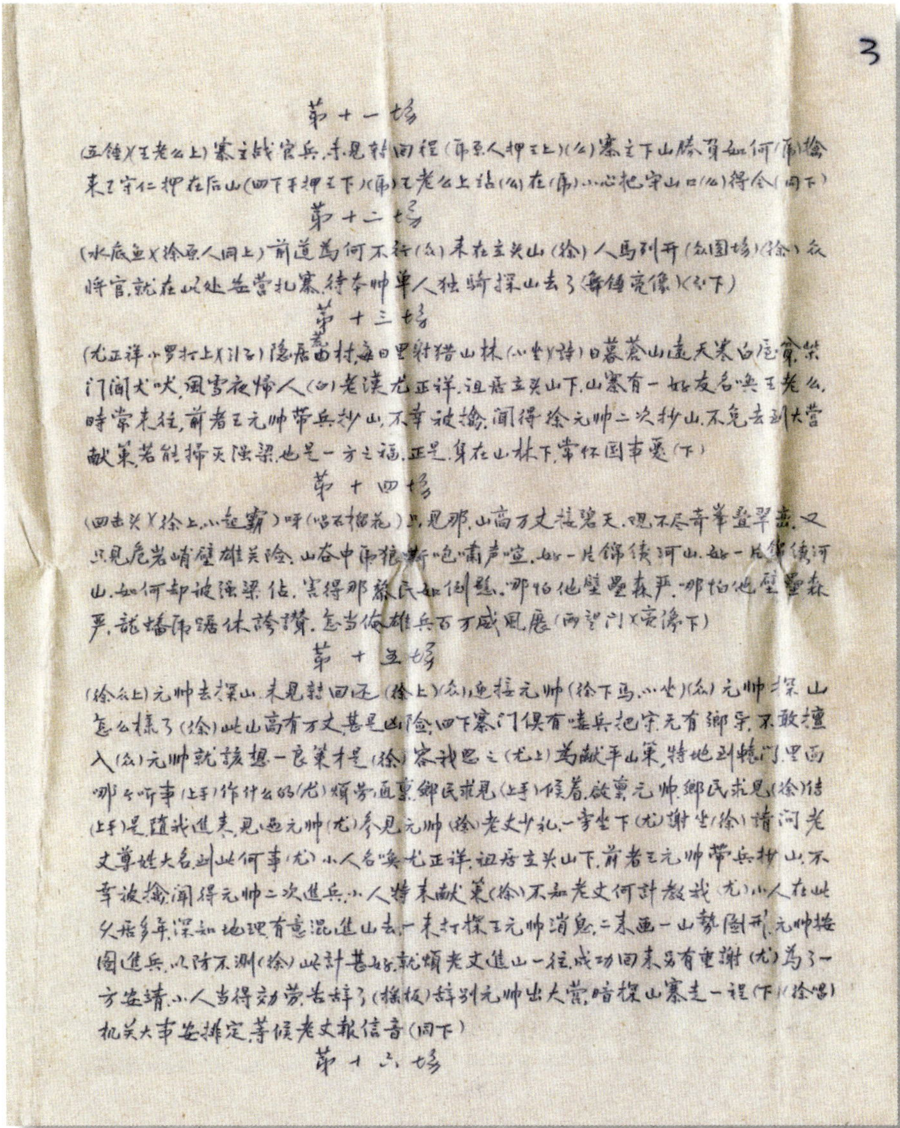

3

第十一场

（五锤）（王老么上）寨主战官兵，未见转回程（甬原人押王上）（么）寨主下山胜负如何（甬）擒
来王守仁押在后山（四下手押王下）（甬）王老么上话（么）在（甬）小心把守山口（么）得令（同下）

第十二场

（水底鱼）（徐原人同上）前道为何不行（众）来在主头山（徐）人马列开（众圆场）（徐）众
将官就在此处安营扎寨，待本帅单人独骑探山去了（乐锤亮像）（众下）

第十三场

（尤正祥小罗打上）（引子）隐居荒村，每日里射猎山林（小坐）（诗）日暮苍山远天寒白屋贫柴
门闻犬吠，风雪夜归人（白）老汉尤正祥，祖居主头山下，山寨有一好友名唤王老么，
時常来往，前者王元帅带兵抄山，不幸被擒，闻得徐元帅二次抄山，不免去到大营
献策，若能扫灭强梁，也是一方之福，正是，身在山林下，常怀国事忧（下）

第十四场

（四击头）（徐上，小起霸）呼（唱石榴花）只见那，山高万丈接碧天，观不尽奇峰叠翠峦，又
只见危岩峭壁雄关险，山谷中虎狼嘶咆啸声喧，好一片锦绣河山，好一片锦绣河
山，如何却被强梁估，害得那黎民如倒悬，哪怕他壁垒森严，哪怕他壁垒森
严，說樯庥语休誇讚，怎当俺雄兵百万威风展（两望门）（亮像下）

第十五场

（徐众上）元帅去探山，未见转回还（徐上）（众）迎接元帅（徐下马，小坐）（众）元帅探山
怎么样了（徐）此山高有万丈，甚是凶险，四下寨门俱有喽兵把守，无有鄉导，不敢擅
入（众）元帅就该想一良策才是（徐）容我思之（尤上）为献平山策，特地到辕门，里面
哪个听事（上手）作什么的（尤）烦劳通禀，鄉民求见（上手）候着，啟禀元帅，鄉民求见（徐）传
（上手）是，随我进来，见过元帅（尤）参见元帅（徐）老丈少礼，一旁坐下（尤）谢坐（徐）请问老
丈尊姓大名，到此何事（尤）小人名唤尤正祥，祖居主头山下，前者王元帅带兵抄山，不
幸被擒，闻得元帅二次进兵，小人特来献策（徐）不知老丈何計教我（尤）小人在此
久居多年，深知地理，有意混进山去，一来打探王元帅消息，二来画一山势图形，元帅按
图进兵，以防不测（徐）此計甚好，就烦老丈进山一行，成功回来，另有重谢（尤）为了一
方安靖，小人当得効劳，告辞了（摇板）辞别元帅出大营，暗探山寨走一程（下）（徐唱）
机关大事安排定，等候老丈报信音（同下）

第十六场

李滨声的老师高叙初向其所授《螺蛳峪》戏本原稿

【说俗解戏】

《白门楼》：京剧《白门楼》的剧情出自《三国演义》，讲的是“下邳城曹操鏖兵　白门楼吕布殒命”的故事。董卓被杀后，吕布先后投奔南阳太守袁术、渤海太守袁绍、上党太守张杨、陈留太守张邈，均不长久。后来又带兵投奔刚刚得了徐州的刘备。刘备要让徐州给吕布，但义弟张飞容不得，只好叫吕布驻军在徐州附近的沛县。然而，在刘备被曹操借用天子名义派去讨伐袁术之时，吕布却乘机夺了徐州，而让讨伐袁术失败而归的刘备驻军沛县。无奈之下，刘备只得接受。随即，袁术派纪灵率大军讨伐刘备，吕布出面调解，辕门射戟替刘备解除危难，两家关系甚好。但后来，说来让人不太相信，当年长安大戏院竟是李滨声练功的地方。原来，那戏院是李滨声一个大学同学的哥哥开的。那位同学也是戏迷，赶上白天戏院不演出时，他们经常一起在舞台上练功，所以当李滨声有机会在这里演出《白门楼》的时候，他的舞台感觉非常自如。

1947 年初秋，中国大学举行迎新会，地点就设在长安大戏院，那一天，由学生们主演的京戏成了当天最大的看点。迎新会上，李滨声饰吕布主演《白门楼》，华北文法学院的两位票友同学吴春礼、杨永宝分别饰演貂蝉和陈宫。

戏幕拉开，李滨声饰演的吕布在台上一亮相，即赢得台下掌声雷动。且看他，在行头、扮相和唱腔台步上都努力仿照着叶盛兰演出的风范，出手的一招一式皆稳健自如，获得的喝彩声也一浪高过一浪。

从这场《白门楼》开始，李滨声在北京票界就算是挂上了号，提起那个能演《白门楼》和《叫关》的东北后生“李浴非”，伶票两界几乎无人不晓。从此，李滨声被誉为私俶叶派的知名票友。

谈起那次演出，李滨声记忆犹新，口中唱、念也滔滔不绝，兴起时还会站起身比划几下身段。

张飞拦路抢了吕布派人从山东买回的 150 匹马，引发了两家矛盾，吕布围攻沛县讨马，刘备等人突围投靠曹操。于是，曹操率大军亲征徐州，吕布兵败退入下邳城坚守。吕布每天与貂蝉饮酒取乐，不把心思放在军务上，吕军出兵屡遭失败。此时，吕布反责怪诸将不尽力，将士因怨而反。吕布部下宋宪、魏续、侯成偷了吕布的赤兔马献给曹操，曹操命军士决水灌城。吕布在白门楼饮酒解闷醉倒楼中，宋宪又将其方天画戟偷走并扔到城下。最后，宋宪活捉了吕布投降曹操。曹操在白门楼上处置吕布，吕布曾趁曹操下楼时请刘备相救，刘备当时点头应允。曹操欣赏吕布的勇猛，本有心将其收归，但刘备却以吕布屡次背叛其主的故事点醒曹操，使得曹操最终下决心斩了吕布且割头示众。一代名将就此丧生于白门楼。

李滨声画戏三国——《白门楼》

在这场戏中，有一段吕布所唱的“西皮二六”：“某一见貂蝉女我心如烈火，骂一声貂蝉女你胆大的贱婆。你本是允许配与我，暗地里你又配了董卓。自那日打从那凤仪亭过，你不该见了我变脸装模。我为你被董卓追杀于我，我为你使得我父子们不和……”这一段唱腔共11句，演唱间，李滨声模仿叶盛兰，左脚靴跟一直由貂蝉右手擎着——这在术语中叫“耗着”，直到他唱到最末一句“恨不得这一足将你结果”时才吸腿，以显示其腿功之不凡。随后的快板没有过门，在“锵尔另锵”的锣鼓之后，他必须碰板就唱：“大耳贼忘却了辕门射戟，有袁术差纪灵将你来逼。那时节全凭我一臂之力，一杆戟退敌兵才把战息。到如今忘见前情反而多语，某死后定将你的灵魂来缉。”这段唱腔尺寸特快，尤以中间“一杆戟”三字翻高，李滨声唱得慷慨激昂一气呵成，自我感觉相当过瘾。

就这次演出，还有一段小小的花絮，李滨声每每讲来都乐不可支。原来，剧中的曹操有四句唱：“忆昔当年貂蝉女，灭却董卓曾有功，今日被擒理当赦，赦你无罪度余生。”这几句唱腔虽然是摇板，但因前面小生唱的“娃娃调”调门比较高，大家惟恐饰演曹操的韩承铸同学接唱时“呲花”，于是想出一个妙计。演出之时，曹操这四句唱腔即由现场跪在台上背对观众的“貂蝉”——吴春礼代唱；而“曹操”则是只表演，不开腔，二人的配合有如后来的音配像。四句唱完，吴春礼立即回归自己所饰的貂蝉角色，改净角的大嗓为旦角的小嗓接着唱：“谢罢丞相施恩典，貂蝉又得一命还。”令人诧异的是，这些学生票友如此移花接木之举在演出现场竟无人察觉——京剧名家李少春当年曾应邀观看此场演出，就连他也没有识破台上的“双簧”戏。

【说俗解戏】

清音桌：所谓“清音桌”是旧时给票友提供露脸演出的地方，通常设在茶楼，其立意是以演出招揽茶客。早年票友为娱乐消遣出演，讲究的即是茶水不扰，所以清音桌自问世之始无论上座多好都不能以听戏收钱，而只能靠茶钱贴补来此唱戏票友的“车资”。虽然清音桌设在茶楼，其主要人员的费用也由茶楼支付，但其与茶楼并不形成雇佣关系。清音桌的一干事务均以其主持人“承头”马首是瞻，而这个承头如果没有两下子过硬的梨园功夫、广泛的人脉关系和出色的组织能力是无法承担起这付挑子的。

除了戏院，李滨声来到北京后还体味到了清音桌的魅力。

民国时期老北京有两个最有名的清音桌茶馆，一是位于崇文门外的青山居，一是位于西单附近的桃李园。说来也巧，几乎就在李滨声赴京求学的同时，他的发小，同为“协和五小”的旦角于振江也到北京来了。喜欢唱戏的人听到二胡一响嗓子肯定发痒，于振江在青山居就无人自请地唱了一回清音桌《女起解》。没承想，这下面的观众不但有懂行的，而且还有和梨园界通天教主王瑶卿走得很近的。故而于振江被人带到前门外大马神庙的王宅中，一曲未完即被王瑶卿相中。王瑶卿自己唱旦角，也喜欢收男旦为徒。按照他的理论，男旦演好了才是真正的艺术，而女旦演得再好往往表现的还是她自己；他还认为，从审美学的角度说，女旦因为受身体发育的影响，原本应该直垂飘逸于的两绺长发在胸前成了曲线就不美了。根据王瑶卿的评判，这东北小伙子唱旦角比张君秋还有“本钱”（即先天嗓子条件好），于是于振江成了王瑶卿的入室弟子，并依照玉门弟子排字改名为于玉蘅。

眼看着曾经同台搭档的发小在青山居一炮而红，李滨声心中的羡慕不是一点半点。他认真做了准备，兴致勃勃地奔了青山居。到那儿点了茶递上自己想唱的戏码，然后就坐下面等着轮到自己上台。没想到，茶喝了一壶又一壶，却一直没有人请他上去唱戏。待到最后，他忍不住离座询问，人家却客客气气地告诉他：“今儿个约唱的早都安排了，况且您要唱《叫关》，只有一个吹唢呐的，人手不够。您下回请早儿吧。”受到如此之冷落，李滨声从此不去青山居，而把离自己住处不远的桃李园当成与票友交流的好去处。

李滨声回首氅毹——在《罗成叫关》中饰罗成

据说，不久之后青山居就因为怠慢过李滨声而后悔了。李滨声没能在青山居唱成清音桌，但却成了可以经常出入大马神庙的特殊客人。当时，伶票两界均以能够出入“大马神庙”为一种荣耀，京城戏园对于“大马神庙”的常客更是另眼看待。

李滨声能够自由出入大马神庙得益于发小于玉蘅的引见，但说起来也并不是没有他自己的一点魅力。

在京剧舞台上，王瑶卿是一个了不起的男旦角色。京剧旦角挑班，他是第一个；旦角唱大轴，他是第一个；旦角挂头牌，他是第一个；旦角创流派，他又是第一个，所以他在梨园界有通天教主之美称。但王瑶卿的了不起不仅在于他唱得好和创流派，更在于他的六场通透和教学有方，从而为中国京剧培养出一批承上启下的著名艺术家。王瑶卿中年以后专以授徒为业，四大名旦梅兰芳、程砚秋、荀慧生、尚小云无一不曾亲沐其春风。在教学中，这位老教主总是督导弟子们要文武兼通；排戏时，他就总是生旦净丑一起讲，各个角色的唱词身段均可脱口而出，确实是一位无所不通的“活总讲”。

李滨声回首戳氈——在《白门楼》中饰吕布

因为王瑶卿在京戏艺术中的博大精深，所以前门外大马神庙作为他的代号而为人们所倾慕。上王宅登门学艺的不仅有旦角，更有许多其他行当的演员，如言菊朋、王又宸、高庆奎、贯大元、马连良、谭富英、郝寿臣、姜妙香、俞振飞、叶盛兰等梨园名流就都曾前往那里求教。一时间，北京前门煤市街大马神庙胡同王氏的寓所，成为艺术界人士心向往之的“圣地”，在那里人人都可以不分长幼畅所欲言地高谈阔论艺术中的各种问题，即使坐在一旁静听不语，也是一种受益匪浅的乐事，内行管这叫做“熏戏”。

在王宅里“熏戏”的常客多多，20世纪三四十年代经常登门的除了伶票两界名流，还有罗瘿公、陈墨香、李释戡、齐如山、黄秋岳、徐凌霄、周贻白、陈半丁和颇伯龙、金拱北、王雪涛等文人墨客，如程砚秋、张君秋这样的男旦名家更是在那里受熏多年。如今，李滨声也成为得到王瑶卿首肯的青年熏客，青山居就是想请他来唱也得屈尊下帖客客气气的了。

在李滨声的印象中，王瑶卿虽为男旦，在生活中却没有丝毫女气，看上去就是个瘦高老头儿。而出入他家的那些弟子里倒真有一位举手投足均在戏中者，那女性十足的做派经常让人忍俊不禁。说话幽默待人随和是王瑶卿的特点之一，他提到晚辈常以别号称之，如“大头小生”“印度小生”等。 李滨声还记得，王瑶卿的一大爱好是训鸟，经他调教的鸟儿会在小箱子里依照主人的吩咐依次衔出各种微型兵器，就像扮武将的演员自寻道具登台，甚为有趣。

正是在“大马神庙”，李滨声认识了后来成为著名京剧艺术家的杜近芳。那时她还是个小姑娘，刚刚拜王瑶卿为师，每每在王瑶

排子车
一种平板
车每车
车工二人
专应搬家
善话
旧时戏班演
戏戏箱往返
运输亦为
拍子车
滨声
義
永

李滨声画戏——“三义永”与排子车

卿说戏时即羞涩地靠门框站着，而李滨声作为王宅的客人，倒是有资格落座的。数十年后，已经在梨园颇有威望的杜近芳见到李滨声，依然按“进过大马神庙的人”的待客礼数对他十分客气，遇到在后台留影时都要让他站在中间。

李滨声在长安大戏院主演过《白门楼》后，又在香山慈幼院演过一场，当然也是观众爆满掌声雷动，这让他心里美滋滋的。李滨声一炮打响的消息当然也传到大马神庙。待到他再去大马神庙，王瑶卿见面就笑咪咪地拍拍他肩膀说：“这回你可过足了戏瘾。”语气中蕴涵的是肯定，他懂李滨声，知道舞台能带给这个青年学生无限的活力。这笑咪咪的一句是对李滨声演出最大的褒奖，从此他到王府熏戏时更上心了。

过去的戏班子大都自己不备行头，每有演出就向专门的戏服商家租用。那时候，“三义永”是老北京最有名的戏服社，每天都要根据订单去为各个戏园子送行头，所以有些老戏迷每天就在路边盯着“三义永”的行头车，由此推测出当晚那个戏园子会演什么戏。

李滨声初演《白门楼》时也是从“三义永”租的行头，在他演出结束时，“三义永”的顾头、陈胖子也都“赞”过他。“三义永”的人个个是氍毹行家，想那“赞”绝不仅是客气，而是有着相当分量的。

的确，李滨声为了演好《白门楼》确实下了很大功夫，他在场上掏翎子、含翎子、四击头，从脚下到身段都丝毫不差地模仿着叶盛兰先生，以至于他演出后连打大锣的马连贵[①]都频频点头说：“嗯，真不错，看得出您是下了功夫。”

---

①马连贵为著名京剧老生演员马连良之弟。

【说俗解戏】《杀驿》：这是《春秋笔》中的一段故事。南北朝时北魏进犯南朝宋国，宋义帝派檀道济出征，主和派奸相徐羡之却因史官王彦承的正直而心生嫉恨。门客张恩一时大意丢了王彦承的儿子，不料却得到王彦承夫妻谅解与救助。后张恩在逃亡中遇见好友，从而得以在永安驿任职。当得知徐羡之追杀王彦承且必欲置之于死地时，张恩为保义士、报主恩，主动向押解王彦承的京官程义提出自己甘替王彦承一死。程义在不得已杀了张恩之后万般内疚……李滨声曾在这出戏中饰程义。

《白门楼》与《群英会》是李滨声1947年唱过的两台大戏，这个来到北京尚不足两年的22岁青年，已经凭借着自己的努力与出色演技跻身于名票的行列之中。

除了在舞台上大过戏瘾，李滨声还出现在一切能唱戏的地方。他是学校京戏团的骨干之一，排戏、练功成了他最喜欢的“课程”。

巧得是，抗战结束后，一些痴于京剧乐于唱戏的票友将京剧清唱引向广播电台，开启了京戏与推销广告相结合的商品营销策略。那时候，北平只有中国、华声、民生、国华四家广播电台，以票友姚鸣桐为首的凤鸣京剧社和以票友孟广亨为首的联友京剧社分别在华声和民生广播电台打擂台般地竞争，为了争取更多广告利益，他们请来众多京城颇有知名度的票友，这也让酷爱唱戏的李滨声找到了一种比清音桌传播更广泛的演出形式。于是，一有空闲，他就穿梭于城里城外的几个广播电台之间。

那时候，在电台唱戏是“两不找”，即人家不给报酬，你也不用付费，每唱一段中间还要插播广告。但李滨声不在乎这些，只要能有地方唱戏，还可以传播到四九城内外，他就高兴。从1946年到1948年，李滨声先后在赵登禹路的电台唱过《叫关》、在前门外观音寺的电台唱过《辕门射戟》、在北新桥附近的电台唱过《杀驿》……东奔西跑乐此不疲，图的就是过戏瘾。

1949年1月，北平和平解放了。春天，随着大学生活的结束，李滨声也开始了自己人生的一个新阶段，但是，京戏并没有离这个嗜戏如痴的青年学子远去。

【说俗解戏】

《辕门射戟》：京剧《辕门射戟》是小生行当的传统剧目，戏本取材于《三国演义》第十六回"吕奉先射戟辕门 曹孟德败师淯水"。剧情为：吕布占据徐州后，刘备屯驻于小沛。但袁术惟恐刘备和吕布联合，于是派大将纪灵去打小沛，并带了一份厚礼送给吕布。此时，大敌压境的刘备也向吕布求助。吕布早已看破袁术攻打刘备后的目标是夺取徐州，但他不想即时得罪袁术，于是设宴请来纪灵和刘备为两家解和。席间吕布提议："把我画戟拿来，插到辕门外一百五十步地方，如我射中画戟的枝尖，你们两家罢兵；如射不中，则任凭两军厮杀。"刘备与纪灵应允。结果，吕布一箭射中画戟，纪灵不得不持吕布回信收兵复命．这出戏在 20 世纪 40 年代曾是叶派经典剧目之一，饰演吕布的演员不仅要扮相英俊，唱功与动作更是要求既铿锵有力又矫健灵活，而李滨声在这三点上无不符合。

李滨声 20 世纪 40 年代剧照——在《霓虹关》中饰王伯党

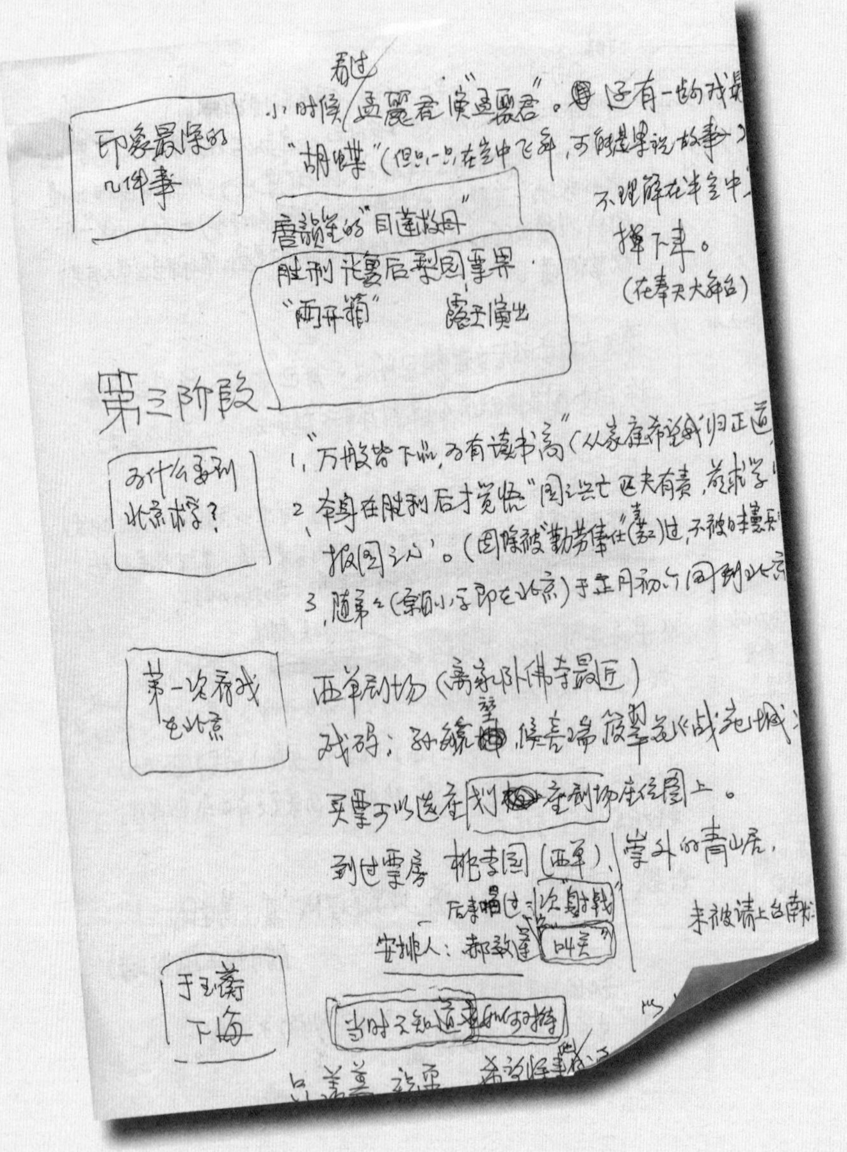
印象最深的几件事
小时候看过孟丽君演孟丽君。还有一出戏是
"胡蝶"（但只一只在空中飞舞，可能是单说故事）
不理解在半空中
摔下来。
（在奉天大舞台）
唐韵笙的"目莲救母"
胜利后
"两开箱"
第三阶段
为什么要到北京求学？
1、"万般皆下品，唯有读书高"（从家庭希望我归正道
2、本身在胜利后才觉悟"国家兴亡，匹夫有责，我求学
报国认"。
3、随弟弟（考到小学即在北京）于五月初回到北京
第一次看戏在北京
西单剧场（离我卧佛寺最近）
戏码：孙毓堃、侯喜瑞
买票可以选座
到过票房 桃李园（西单）
安排人：郝致達
来被请上台唱戏
当时不知道

淡出舞台

1950—1978

- 美术为职业，唱戏成爱好
- 与裘盛戎的同台合作
- 只穿了一次的心爱行头
- 靠背戏词挺过艰难岁月

【说俗解戏】

《通天犀》：这出传统剧目又名《虎救郎》，是由《白水滩》和《通天犀》前后两部分组成，亦可分折单独演出。剧情是：豹儿山的寨主许起英因醉而被官兵捉获，总兵刘子明派其子刘仁杰将许起英押赴都城。路途中，遇许起英之妹许佩珠率众埋伏，大败官兵后劫救其兄，并欲怒杀刘仁杰。可巧，程老学的家奴十一郎返乡为母亲祝寿，路见追杀遂抱打不平，最后救了刘仁杰。孰料，刘子明惧怕朝廷降罪，于救子之恩非但不报，反而将十一郎诬陷入狱，并问罪于程老学将其发配。许氏兄妹下山将程老学劫至山寨，当问起他获罪缘由时才知道与自己有关。此时，已被问成死罪的十一郎即将处斩，许氏兄妹当即改扮下山智劫法场，最后救得十一郎回山。这出戏无论是净角许起英、旦角许佩珠还是武生十一郎都有许多武功身段，如无功底，一般票友是演不了这出戏的。此为李滨声回首氍毹戏画，他曾在《通天犀》中饰十一郎。

1949年春天，李滨声从中国大学政治系毕业，这时刚刚解放的北京城已是一片沸腾。新政府的机关正在完善，为共产党培养干部的华北大学也从河北省正定县迁入北京。一时间，北京城众多有志青年纷纷进入华北大学接受再教育，李滨声也选择了这条路。

华北大学有个美术科，李滨声在入读三部研习美术的同时也参加戏剧科组织的延安平剧（即京戏）《九件衣》的排演，有一段时间，他一直为自己最后定格于美术科还是戏剧科在犹豫。后来，还是美术科的班主任罗工柳力劝李滨声选修美术。就这样，李滨声走上了从事美术的职业之路，而京剧，则成了他一辈子都不能放弃的爱好。

走出华北大学，李滨声先在北京市委文委美术组任干事。文委有个工厂文艺委员会，下设各个不同类别的工作组，李滨声的兴趣当仁不让地定格在京剧组。这一年，李滨声下到石景山发电厂辅导文艺工作，这个厂有个业余京剧社，李滨声的到来让那些喜好京剧的工人们无比兴奋。年底，借着庆贺斯大林七十诞辰的名义，李滨声和王雁①与工人业余演员排演了延安版的《鲁智深拳打镇关西》，接着又开始筹备一出规模更大的《群英会》。在这出剧目中，李滨声使出浑身解数，既给工人们说戏、排戏，又给他们画脸，自己还饰演了周瑜。这是新中国成立后李滨声上台唱的第一出大戏，他期盼着自己面前能展开一个更大的舞台。

从工厂回来，李滨声被调到北京人民美术工作室雕塑组搞创作。1952年10月，亚洲及太平洋地区和平会议召开，由李滨声创作的大型雕塑《和平鸽》在北京劳动人民文化宫亮相并获得多方好评，

---

①王雁后来为京剧《赵氏孤儿》与《望江亭》的编导。

【说俗解戏】

《群英会》：三国时，刘备和孙权联合抗曹，刘备派遣诸葛亮到江东与周瑜共商破曹大计，并决定由周瑜统率大军水路御敌。大战前夕，曹操谋士蒋干过江造访，欲以同窗旧谊劝周瑜归顺曹操。周瑜猜透蒋干来意，遂假装酒醉，并将伪造的曹营水军头领蔡瑁、张允归降东吴密信夹于书中，故意使蒋干窃得。蒋干中计，曹操一怒之下斩了蔡、张二将，即而悔悟，又派蔡瑁的弟弟蔡中、蔡和二人，以不满曹操杀害其兄长为由到江东诈降。

新华社还就此发了新闻照片。之后，他调到刚创刊的北京日报社当美术编辑，因开拓“内部讽刺漫画”且收到不错的社会反响，他获得嘉奖并被选为第二届北京市人民代表。

参与了在石景山发电厂举办的京剧票友系列演出后不久，李滨声又迎来了更让他感觉过瘾的一次登台。那是1953年春节，在北京市文联迎新春联欢会上演了一出《群英会》。那次，经老舍先生策划提议，搞了一场“外行演、内行看”的京剧汇演，由谭富英和裘盛戎当时所在的北京京剧二团提供伴奏和服装，而戏中的各个角色却都是票友演员。李滨声对《群英会》和《龙凤呈祥》这两部戏都很熟，京剧汇演自然少不了他的角色。

此前，李滨声看过几十场叶盛兰主演的《群英会》，并就剧中的舞剑表演求教过他在沈阳协和票房的老师高叙初，所以他一看到剧目心中即跃跃欲试，更想让自己研学了好一阵子的舞剑也亮亮相。

不出所料，角色分下来，李滨声在《群英会》和《龙凤呈祥》两场戏中饰演周瑜，与他配戏的有王雁（饰鲁肃和乔玄）、张胤德（饰曹操）、袁韵宜（饰孙尚香）等一些老朋友。于是，李滨声就在排练前跑到老舍先生跟前“念秧儿”了：“叶盛兰演的《群英会》里还有舞剑呢，挺好看的……”他当时在文联的《大众文艺创研会》负责美编，跟老舍先生挺熟。

老舍听罢“哦”了一声，顿了几秒钟他才盯着李滨声问道：“那，你能舞剑吗？”闻言，李滨声心里一乐，嘴上却假谦虚地回答：“学过……舞不好……”其实，他是盼着老舍先生能拍板让自己展示一回舞剑的风采。

【说俗解戏】**《三岔口》**：京剧《三岔口》是一出传统小武戏，人物少。故事演的是杨家将焦赞被奸臣所害，发配到沙门岛去。他的朋友任堂惠暗地里随其保护，两人住进一个黑店。那黑店的主人半夜里要杀害焦赞。结果，二人在没有灯光的情况下格斗起来，你来我往十分有趣。这类于黑天中的武打戏在京剧中术语叫“抹黑”。

令李滨声兴奋的是，老舍一听也来了情绪："那好啊，咱们就舞剑，也给他们那些内行露一手！"

正式演出那天，李滨声穿着二团精美的戏服，享受着二团专业的伴奏——由谭世秀司鼓，那感觉别提多美啦！到了舞剑那一节，他先是三个醉步，然后双剑合起交左手，右手掏翎子——"四起头"，接着起牌子亮相……顿时台下掌声雷动喝彩连连。"这是夸自己舞得好呵！"李滨声心里的得意溢于眼神之中。然而，当他转身看到伴奏席上裘盛戎拿着花脸架势，手执大锣打得正起劲时，这才恍然大悟：哦，原来观众都是在给裘盛戎鼓掌呢！

此后，李滨声与裘盛戎在京剧舞台上有过合作的趣闻不胫而走，而这一幕，也深深地留在李滨声的脑海里。关于这场戏，作家邓友梅后来曾在北京晚报撰文回忆。60 多年后李滨声讲起这段往事依然是声情并茂，笑声朗朗。

那段时间，李滨声与京戏的往事数不胜数，其中一次"看戏"也给他留下深刻印象。

1952 年冬天，中国京剧院张云溪、张春华参加世界青年联欢会载誉归来，汇报演出中有一出优秀传统武戏《三岔口》。二张戏演得好，剧本也有些改动，他们把黑店主改成正面人物，有侠肝义胆，人物之间是由于要保护焦赞却引起误会产生的格斗。如此，更增添了这部武戏的喜剧气氛，也使这出戏变得家喻户晓。《三岔口》回国汇报演出的广告一登出，北京的戏迷简直炸了窝，顿时出现一票难求的局面。

那次演出是在周末两天，预售票的时间是星期四，每人限购四张。于是，上班的戏迷们到处找路子求人买票，也有人找到了李滨声，觉

李滨声为翁偶虹先生画的一幅速写

得他与梨园界有些关系。的确，李滨声认识张云溪，但那时报社的纪律很严，不许“走后门”买票。没办法，好人缘的李滨声只好利用倒休，比上班起得还早就奔了前门外鲜鱼口内的华乐戏院。那天下着大雪，买票的队伍已经排到了会仙居门前，早到的人不知等了多久了。过了一会儿，前面队外有一个人礼貌地挨个问排队的人，想求买不足四张票的给带一张，结果都被婉拒了。那人继续往后问，得到的答复是：我给你带，后边人有意见呀，万一最后那位没买上，我不落埋怨嘛。那人求了几次无果，只好灰溜溜地排到队尾去了。

后来，李滨声把这次见闻画成了一组四格漫画《请给我带一张》，登在《北京日报》上。再后来，这组漫画和他的另一幅漫画《夜行的故事》被改编成相声《夜行记》。

20世纪50年代初，是李滨声票友生涯最开心的日子，他不仅有更多的机会看谭富英、马连良等名家演出，还认识了张君秋和京城前辈小生名票包丹庭，并与著名编剧翁偶虹对坐念白，所有这些都对他演技的提高起到了重要作用。也是在这段时间，李滨声幸福地收获了自己的爱情，他成为丈夫，当了父亲。

由于当年李滨声被划为“右派”，夫妇俩分别22年。冤案平反后，李滨声与妻子重返相逢之地，拍下一张有特殊意义的合影

【说俗解戏】

《孔雀东南飞》：《孔雀东南飞》是我国古代文学史上最早的一首长篇叙事诗，也是我国古代民间叙事诗的杰作。东汉末建安（196—219）年间，庐江小官吏焦仲卿的妻子刘兰芝被婆婆（焦母）赶回娘家后发誓不再嫁人，然而其娘家却逼她改嫁，心系焦仲卿的刘兰芝便投水而死。焦仲卿闻听刘兰芝的死因，也在自家庭院的树自缢而亡。当时的文人为了悼念这对爱情悲剧的主人公，即创作了《孔雀东南飞》。这首汉乐府叙事诗共 356 句，1780 个字，全诗故事完整，人物性格鲜明，结构紧凑完整，结尾还运用了浪漫主义手法。“五四”以后，这首著名的叙事诗被改编成各种剧本搬上舞台，其中京剧《孔雀东南飞》因唱词通顺，唱腔优美而为观众所喜爱。

和包丹庭的相见，缘于李滨声在北京日报社工作之便。自打在东北的时候李滨声就敬仰包丹庭，到北京后也看过他的表演。那时候李滨声家住什刹海，他知道包丹庭住在后海南岸，就总想着能见一眼这位老戏骨。

抗美援朝之时，包丹庭曾和张伯驹在吉祥戏院同台演出，那天一场大轴的《探庄》被包丹庭主演得风声水起。这场演出前后，李滨声曾和报社同仁曹尔驷一起去包宅做过两次采访。当同行者介绍李滨声也是演小生的时，包丹庭显得很高兴。他详细地询问了李滨声在哪里学的戏，都演过哪些戏等，然后就给他仔细讲解小生与武生的工架有何不同，还站起来做了几个示范身段。一席话，听得李滨声“五体投地”，他心中对包先生更为敬仰。让李滨声甚感遗憾的是，虽然包丹庭先生很诚恳地邀他“常来玩儿”，但因自卑和工作紧张，他后来竟没有再去过包宅一次，而次年包丹庭即过世了。

不过李滨声后来和包丹庭的门人祝宽先生却有过交往，还替他出场代演过两场《黄鹤楼》。那是20世纪60年代初，影协业余剧团邀请祝宽参演，谁料演出前祝宽患了感冒无法登台，于是好友吴春礼就给李滨声打电话请他来救场。

那段时间，李滨声戏演得挺多，他在北京日报社的小礼堂还演过《孔雀东南飞》中的焦仲卿。在最末那场刘焦二人投池赴死的剧情中，李滨声演得十分投入，获得极好的演出效果。

说实话，李滨声以前没学过这出戏。当时，是北京日报社业余京剧组的召集人张志和看了张君秋上演的《刘兰芝》后心里痒痒，特意下功夫组织了这出戏。剧中的刘兰芝由人民银行的旦角票友金

【说俗解戏】

《罗成叫关》：故事出自于《说唐全传》第六十回“紫金关二王设计，淤泥河罗成捐躯”。唐初，齐王李元吉争夺王位，将兄李世民诬陷入狱。为翦除李世民的心腹，李元吉借征讨苏定方之机，推荐罗成为先锋出战。罗成得胜归来，为加害于罗成的李元吉却逼令他再次出战。然而，当忍饥苦战后的罗成希望返城之时，李元吉却紧闭城门不准他进关。罗成无奈，遂咬破手指作血书，叮嘱在城上守关的义子罗春转奏朝廷，而他自己则返身力战敌兵，最终因马陷淤泥河，被乱箭射死。按行家说法，叫关唱“索拿”，非有嗓不能胜任。

兆祥客串，焦母、焦妹、刘洪分别由报社的罗文玉、郭玉竹和张志和饰演，而焦仲卿一角则由李滨声“钻锅”[1]出演。

李滨声很谦虚，他后来回忆说，在那场戏里所有的角色都很出彩，唯自己是个纯属“配搭”的角色。但李滨声显然对获得的掌声十分享受，他下台后，问妻子自己演得如何？一直在台下观看的妻子则调侃说：“你呀，就那个跟头摔得还不错，大家鼓掌是在慰问你摔得疼不疼呢。”闻听此语，李滨声也幽默作答：“要没有你的帮忙，这个跟头我还没机会摔呢。”原来，那天客串刘兰芝的票友金兆祥，正是通过李滨声的妻子受邀而来——他们俩是人民银行的同事。

工作顺风顺水，手头也渐渐宽裕起来，置办一套精美戏服的愿望再次在李滨声的心中泛起。

在李滨声脑海里，一直烙刻着叶盛兰演《罗成叫关》时所穿那身戏服的印象，于是，置办一身华丽行头成了他朝思梦想的一桩心事。在他看来，“三义永”提供的行头太“官中”[2]了，要演好罗成，一身有个性的行头必不可少。于是，李滨声省吃俭用把稿费都元元角角地攒起来。

终于，钱攒够了。经“三义永”一位老人的介绍，李滨声专程来到草厂胡同给叶盛兰设计、制作行头的那个戏服店，指名要找曾经给叶盛兰做行头的蒋师傅。不巧，那天蒋师傅不在，而李滨声置办戏服的心切，就找了另外一位师傅帮他出谋划策。他还特意嘱咐：“我可不要对针，要插针三连绣呵。”因为他知道，只有这种针脚相错的绣法才能使戏服上的色彩形成渐变效果。

---

① 钻锅：即对某个角色现学现演。

② 官中：即没有特色，相当于太一般。

穿着仿制的和叶盛兰戏服一模一样的行头，李滨声的感觉好极了

戏服做好了，李滨声很满意，就等找个机会穿上自己的私房行头演出《罗成叫关》了。那时候，普通理发馆理发只有二角六分，为了庆贺做成这身漂亮的戏服，李滨声还特意走进了上海迁京的著名理发馆“四联”，花费八角钱让上海师傅给理了一次发，并随之拍了一张照片留念。

1956年，在一次由新闻出版署主办的新闻界大联欢中，李滨声准备上演《罗成叫关》了。那天，“三义永”的戏箱伙计照例拿来服饰准备帮他着装，李滨声却按捺住心里的得意，尽量以平静的语气宣称：“谢谢，自备了。”于是，在“三义永”伙计的帮助下，李滨声第一次把那套完全仿照叶盛兰演出的定制行头穿在身上，那当口，他心里别提有多得意了。

虽然身为票友，但是李滨声演的却是一出颇具难度的老戏，更何况，就是在梨园界，能演这出戏的内行也屈指可数。穿着和叶盛兰一模一样的行头，模仿着叶派的演唱，李滨声的感觉好极了。那一日的演出，他依旧得了一个满堂彩，这让靠着“捋叶子”学艺的李滨声心里有着说不尽的欣喜与满足！

然而遗憾的是，这套精心置办的戏服仅伴他上过一次台。时过不久，“反右”运动开始。李滨声被扫入“右派”，他的生活也随之发生了巨变。没人请他画画了，工资也被降得只剩了一个月18元的生活费。那时候他一个月的包伙就需要15元，而剩下的3元钱则要维系全月的杂用。不知道多少次爱不释手地摸着那身行头，也不知道下了多少次决心，李滨声终于拎着那套心爱的戏装来到前门外劝业场的信托店。他本以为如此考究的行头肯定能卖不少钱，可人家却说“上过身即为故衣，就得按故衣作价”，因此给的价钱相当可怜。

李滨声最喜欢全部《罗成》这出戏，他在捋叶子速写的基础上画出的罗成形象也多种多样

全部《罗成》—— 探天牢，狭路相逢对头人

全部《罗成》——罗成战苏烈

一见三王变了脸兮吗需戴孝黄泉当年这令箭欺儿有奶娘折了凭俺雄心了豹子胆落尽了马革裹尸还

全部《罗成》——罗成接令箭

【说俗解戏】

《清风寨》：又名《娶李逵》，是一出以净角为主的传统戏，戏本源自于水浒传说中的一段故事。剧情为：梁山好汉李逵与燕青下山打探，夜晚投宿于村民张志善家。二人见张志善愁容满面，遂问其原因。当得知清风寨的盗匪刘通、刘宏要强抢张家女儿上山成亲后，李逵遂与燕青设计相助。于是，李逵乔扮新娘，燕青扮做新娘之弟，二人混上清风寨杀死了刘通、刘宏。李滨声曾在《清风寨》中饰李逵。

那时候，李滨声手里还有鸡血石和寿山石各一对，他记得买的时候，店家是一个劲儿地恭维：“您懂啊！有眼力！”等到有了困难需要出手的时候，面对的则是冷言冷语冷脸子。这一次，他出示行头后因价格未谈拢本欲拿起包袱就走，却听到柜台后面的店家淡淡来了句：“就这么件东西，您到哪儿都一个样儿。大热的天，也不值当再往别处跑了。”李滨声听罢恼上心头，当下赌气把东西卖了。打那以后，他不再以收藏为乐，自备戏装的念头也被彻底击碎。

调到北京日报社后，李滨声成为报社业余京剧团的骨干分子。那些年，与李滨声同台演过戏的人多多，唯博再生是令他难忘的一个。

博再生是北京日报社的工友，专管总编室的琐事和跑排字房。他年轻时即为北京知名票友，同事中有人知道他是满族。在李滨声的记忆中，博再生稳健踏实又博才多学，有年轻的记者、编辑遇到生僻字或者不解其意的典故、成语，为免翻书之劳常常直接就问老博，总能得到肯定答案。李滨声与博再生同台演过许多次戏，博再生的《黄金台》《捉放曹》《搜孤救孤》等都是当时很受欢迎的剧目。

最令李滨声难忘的，是他被划为“右派”后，博再生对他的知心劝诫。那天，二人在卫生间相遇。后进来的博再生见到李滨声先没出声，注意地观看周围，又对着一个关闭的厕门敲了敲，确定没有旁人后才激动地埋怨说：“你那天怎么胡说呀？”闻言李滨声一愣，随即才明白他指的是前几日大会上自己经逼供招认要杀若干人之事。博再生告诉李滨声：“事情那天晚上都上大样[①]了，若不是值班总编质疑就要见报了。”接下来他劝慰道：“领导心明眼亮，你可别想不开呀！”

① “大样”是报界术语，指的是报纸印刷前的预拼版面。

【说俗解戏】

《苦肉计》：这是一个著名的历史故事，源自于《三国演义》第四十六回“用奇谋孔明借箭 献密计黄盖受刑”。赤壁大战在即，周瑜苦思破曹之计却不得。一日深夜，东吴重臣黄盖来到帐中，商议破曹以火攻为好，并自告奋勇愿以苦肉计换得曹操信任。于是在次日周瑜召开的议事会上，黄盖故意反对屯粮三个月的命令，还说：“如果这个月能破敌就破，不能破敌就早点投降。”周瑜听后怒而欲斩黄盖，后在将领们的跪地求情之下饶他不死，但重打一百军棍。黄盖被打得皮开肉绽，他的好友阚泽则根据安排，带着早已写好的投降书前去曹营诈降。曹操接到假降东吴的蔡氏兄弟密报，对黄盖的投降信以为真，结果引得黄盖火船冲入曹营，把曹操用铁链连起来的几千条战船烧成灰烬。赤壁一战，东吴终因苦肉计而大获全胜。在京戏中，《苦肉计》只是《连台三国》的一出折子戏。

一番话，令身处逆境的李滨声感到了安慰与希望。他又想起前些日子报社召开新闻界反右大会批斗刘宾雁，有位与会的新闻工作者当场即跳楼自杀。闻听此事，被李滨声称为詹伯母的詹天佑儿媳、画家詹同之母也对他说过类似的话。李滨声原本就是个坚强的人，这些关心的叮嘱安慰更让他感到暖心，于是在那些最艰难的日子里，他顽强地挺了过来。

京剧让李滨声在被划为“右派”的日子里获得信念，而因为会唱京剧也曾让他在改造中吃过一番苦头。

1965年，春节刚过，为了消灭体力劳动和脑力劳动等“三大差别”，李滨声和北京日报社20多位有着这样那样历史问题的人一起被下放到南口农场基建队“扎根”劳动。从城里到农村，李滨声被压抑许久的心情不由豁然开朗，一眼望见大空场上的台子，他就手来了个京剧常见的“虎跳”，没想到这一跳却被农场的管理人员看在眼里。

分派活计时，李滨声因“身手灵活”被安排当了架子工。当时，农场基建队负责水塔维修和烟囱新建等任务，有时也包些部队的工程，架子工登高作业是免不了的。

初习高空作业，李滨声站在脚手架“顺水”上或脚手板上，用手摸扶建筑物都会感到动摇不定。有经验的师傅告诉他，建筑物高到一定程度没有不动摇的，动摇正表明上下一体，从而解除了他的思想顾虑。渐渐地，李滨声跟着师傅学会了立杆、绑顺水、绑排木、上板子、翻板子、抖杆子、打戗、缝护身栏、绑探海架子，当时农场的水塔和烟囱多在20米上下，基建队承包的部队楼房工程也没有高层的。

【说俗解戏】

《忠孝全》：明英宗时代，秦洪与儿子季龙失散。当时金鳌作乱，太监王振领兵征讨，他在山东招兵买马，季龙被招募到军中。王振发现季龙勇猛擅战，即令他担任先锋。季龙果然不负重望，领兵平息了战乱。这时，身为福建解粮官的秦洪却因连日大雨延误了押送军粮的期限，王振要将他斩首，命季龙监斩。父子法场重逢抱头痛哭，季龙恳求王振愿代父亲受死。王振爱惜季龙的才干，更被他的孝心感动，最后秦洪不仅得到赦免，季龙也奉旨被封为忠孝王。李滨声曾在此剧中饰秦季龙。

1975年，农场建果脯厂，需要建一个38米高的烟囱，整个工程带天井达40米以上。听说专业的建筑队有种可以免搭传统脚手架的新技术，农场特派基建队的一名师傅带着李滨声前往现场取经。到达时人家的工程已进行到50米高度，二人即投入见习操作。此前李滨声从未上过如此高度，只感觉每动一下都伴着脚手板的大幅度摇摆。最难的是施工者还要经常站到烟囱口上操作，往里看是50米深的谷底，往外看是40米以下才有的安全网，境况之险不由让人胆战心惊。

此前，李滨声曾向领导透露过畏难情绪。领导先曰："这正是信任你、考验你的好机会嘛。信不过的怕他搞破坏，还不让他上烟囱架子呢！"当李滨声再次陈述理由时，领导厌烦了，说："给你立功自赎的机会都不珍惜，'一不怕苦，二不怕死'怎么学的？回去念'老三篇'去。"于是，以后凡逢心有怯畏，李滨声就在心中默念："下定决心，不怕牺牲，排除万难，去争取胜利……"随之心境果然会平稳安定下来，他终于再次体会到精神作用对一个人的鞭策了。

由于有过学戏经历，劳动中的李滨声常有异于他人的表现。比如别人上工、收工大都是扛着锹，他却往往喜欢一只手提着，换手时还不免耍个"棍花儿"。这在当时虽被批判为"思想改造不彻底"，却足已表明，即便在那样艰苦的环境中，他热爱生活、热爱戏剧的心仍然顽强地跳跃着。

1966年夏天，"文化大革命"的风潮已经一浪高过一浪。作为一个摘帽"右派"，李滨声又不可避免地站到了被批斗的高台上。

【说俗解戏】

《法门寺》：京剧《法门寺》是一出有名的群戏，生、旦、净、丑行当齐全。剧中的丑角贾桂，在佛殿上念出大段状纸，其快而不乱，在念白和表演上都有极高的要求。此剧又名《郿坞县》或《朱砂井》，剧情为：明朝时，刘媒婆见傅朋给孙玉姣手镯，就向玉姣要来绣鞋，并答应代为撮合。不料媒婆之子刘彪拿了绣鞋去讹诈傅朋，并误将玉姣的舅父母杀死，而后将一个人头扔到地保刘公道院内。怕因此而获罪的刘公道心生歹念，为灭口竟打死长工宋兴。而此时，县令赵廉也将傅朋屈打成招，并将控告的宋兴之父宋国士收押入狱。宋女巧姣已与傅朋订婚，她灌醉媒婆后得知事实原委，于是趁大太监刘瑾伺候皇太后到法门寺降香之时诉冤上告。刘瑾责令赵廉复查后真相大白，复审后即将刘彪和刘公道斩首，并奉太后旨令，将孙、宋二姣皆赐婚与傅朋。此戏过去常与《拾玉镯》连演，总名《双姣奇缘》。李滨声曾在此剧中饰傅朋。

被批斗是件精神和身体双重痛苦的事儿，分分秒秒都显得极为漫长。为了度过这段难捱的时间，减轻对自己肉体折磨的痛苦，李滨声又试着用精神作用鼓励自己，但这次他不是默诵伟人语录，而是通过默念学过的那些老戏词儿，使自己的思维不再纠缠于那些烦心的事情。

李滨声是个思维敏捷的人，从小背戏词对他就不是件难事。早年在协和票房时，他与师傅范绍先出演过《忠孝全》，剧中的花脸王震在读圣旨时有一大段颇见功力的台词：“奉天承运，皇帝诏曰，今有秦洪解粮未迟……”读来有张有弛，抑扬顿挫，颇具音乐感，听起来特别过瘾。当年，李滨声于不经意间记住了这段台词，后来竟成了他挨斗受批时减轻痛苦压力的灵丹妙药。后来他与翁偶虹聊戏时，曾将这段词整段背出，还得到了著名编剧、《锁麟囊》作者翁偶虹的指点。

在京剧《法门寺》中，丑角贾桂的那段长长的“读状”，是该剧的精彩之处，每演至此，必获掌声。李滨声当年曾在剧中饰演戏份不多的小生傅朋。因那“状子”把全部《朱砂井》案由陈述得一清二楚，引发了他的兴趣。他在后台虚心向演贾桂的演员求教，很快即能将“状子”只字不漏一气呵成。

李滨声学过、演过的戏有上百出，不同故事情节不同角色的不同戏词堆叠起来不是一个简单的数字。在“文革”挨批的那些日子，李滨声把这些旧日“功课”全都捡起——每次上台挨斗，他就在心中选定一个剧目，然后默默地一个角色一个角色地背台词，至于批判他的人说的是什么，他却全没有灌进耳朵里。就这样，李滨声一个剧一个剧地背台词，把自己想得起来的戏词全都扎扎实实地“复习”了好几遍。

【说俗解戏】

《拾玉镯》：这是一出典型的才子佳人爱情戏，最早为桂剧，后来京剧、汉剧、河北梆子等剧种均有此剧目。剧情为：公子傅朋游孙家庄，偶遇在门口绣花的庄户少女孙玉姣。傅朋孙玉姣一见钟情，便以买鸡为名和她说话；孙玉姣遂对英俊潇洒的傅朋有所动情。于是，傅朋故意将一只玉镯丢落在玉姣家门前，玉姣拾起玉镯表示接受傅朋的情意。邻居刘媒婆看到玉姣手上的玉镯，追问其来历，玉姣羞涩告之。刘媒婆便出面撮合，成就了二人的一段情缘。

久而久之，背戏词儿好像真的成了李滨声逆境中的护身法宝，每每背到入神时，竟然有一种脱离自身躯壳，与剧中人物同在的感觉，对于“坐飞机”这样的体罚也不感到十分痛苦了。

背戏词对于李滨声成了一种特殊的减压方式，两次重大运动，他被批判斗争的次数不少，在最困难的日子正是那些老戏中的台词唱腔支撑着他熬了过来，也因此让他把许多老唱腔印在了脑海中。

李滨声这人幽默，“好表现”是他对自己博闻多识的一个诙谐说法。而这因戏而生的“好表现”也让他在“文革”中又一次成为被批判的靶子。

那是 1968 年秋冬之际，北京画院老中青画家及后勤人员数十人到南口农场的枣园队临时扎根，“抓革命，促生产”。当时枣园队已经有北京日报社下放的 23 名有重大“历史问题”的人在那里劳动改造，这其中就有李滨声。

“文革”的艺术只有八个样板戏，八样板中又有一半以上是京剧，这就为李滨声后来的“好表现”打下了伏笔。

北京画院有一台电视机，一天晚上播出的节目是革命样板戏《智取威虎山》。那天，为了促使有关人员好好改造，北京日报社的管理组特批准他们去画院的住室看样板戏。晚饭后，日报社的队员特意沐浴更衣，排队到隔壁房间看了《智取威虎山》。

第二天，“晚汇报”①后管理组要求大家讨论，于是众人异口

---

① 早请示、晚汇报是“文革”期间一种极左的崇拜仪式，通过以此达到向伟人“表忠心”的诚意。人们在早上要手持红宝书向伟人请示这一天该怎么工作怎么生活，到了晚上则要详细汇报这一天都做了什么、做得怎样和出现过什么问题。在 1966 年至 1971 年间，这套程序成为风俗化和习惯化的软制度，流行于所有的企事业单位和百姓之家。

【说俗解戏】

《舌战群儒》：这是《连台三国》的一出折子戏，剧情源于《三国演义》第四十三回“诸葛亮舌战群儒 鲁子敬力排众议”。东汉末期，曹操挟天子以令诸侯，在消灭了其他军阀之后，他自知一下子难以吞并刘备和孙权这两股势力。于是，曹操派人去东吴，想和孙权联手消灭刘备。除鲁肃外，孙权手下的谋士大都主张降曹自保。鲁肃自知难以说服孙权和众文臣，故而将诸葛亮请来当说客。见到诸葛亮，东吴第一大谋士张昭首先发难，诸葛亮首先将张昭逼问得哑口无言，继而又一一反驳了东吴众谋士的降曹论。他强调刘备退守夏口是等待时机，东吴占据着长江天险且兵精粮足，你们却都劝孙权降曹，那必将留下千古骂名。因为诸葛亮的舌战群儒，最终孙权放弃了降曹的意向。

同声地大赞革命样板戏。轮到李滨声发言了，他有些暗自得意，因为会唱京戏，他认为自己是一个理所当然的重点发言人。但李滨声过去演的都是些帝王将相、才子佳人，所以必然要大赞特赞革命样板戏，以表露自己认真改造脱胎换骨之心。当谈到杨子荣一枪把匪徒打死在椅子上这段表演时，李滨声特别强调了样板戏中的动作难度比传统戏《界牌关》中的大多了。接着，他即不厌其烦地把《界牌关》中故事情节细说一遍，还连说带比划。眼见着大伙儿都露出赞许的表情，李滨声内心不免沾沾自喜。

几天后，大家正坐在场院脱玉米粒，小队召集人让李滨声再给大家说说他那天是如何讨论样板戏的。李滨声甭提多高兴了，于是又从头到尾把《智取威虎山》赞美一番，重点还是落在枪打金刚死在椅子上的情节。小队召集人问道："你说也有那种动作的传统戏叫什么？"李滨声忙答："叫《界牌关》，又名《盘肠战》。"他自以为回答得百分百正确。孰料，小队召集人马上宣称李滨声在放毒："样板戏是从无到有，要按你说的，那动作过去传统戏里就有，样板戏不成了旧酒装新瓶了！上次你发言，大家都没听出来，汇报以后管理组一下就发现了你的险恶用心。"闻听此言，李滨声顿如五雷轰顶。

果然，第二天大字报就贴满墙，紧接着是斗争会，新账老账一起算，连续批了李滨声半个月。终于有一天，管理组找他谈话，叫他也可以用大字报形式批判自己的罪行。于是，李滨声赶快买了七张大字报纸，写了一份认罪的大字报，又买了半斤粮票的玉米面粥当糨糊，贴在食堂外面的墙上。由于他在西墙贴了前五张，转角的山墙上又贴了后两张，因此观者不能一目了然发现这大字报是谁写的，只能看见

【说俗解戏】

《千里走单骑》：这是《连台三国》的一出折子戏，剧情源于《三国演义》第二十七回“美髯公千里走单骑 汉寿侯五关斩六将”。徐州一战后，刘、关、张三兄弟失散。刘备投奔了袁绍，张飞占据古城做了县官，关羽则暂栖曹营。但关羽降汉不降曹，他与曹操约法三章，言明一旦有了刘备的消息，必定离开曹营去找兄长。白马之战后，关羽获知刘备信息，他千里走单骑，过五关斩六将，终于在河北关家庄与刘备团聚。

李滨声和好朋友王复羊于1957年元月拍摄了这张照片，此后不久两人就都被划为右派

一串醒目的大标题："李滨声恶毒攻击革命样板戏罪该万死！"读罢大字报前五张，谁都会认为这是别人在批判李滨声，及至转过去再接着看，却原来是李滨声批判李滨声，至此，哗然与笑声难免。

此事又招来管理组一通训斥，说他反动透顶。李滨声则据理力争地解释说："前边的那个李滨声是旧我，后边的这个李滨声才是新我，我这是'破旧立新'，用新我批判旧我。"自然，狡辩无效，李滨声又遭到一轮更为激烈的批斗。

这个故事为"文化大革命"的闹剧增添了一点滑稽，也给画院的朋友们留下了一段有趣的话题，更表现出李滨声的幽默与头脑反应之快。直到今天，北京画院的老朋友们见到李滨声，还忘不了文革中"李滨声批判李滨声" 的故事。虽然那些年受的苦不少，但后来李滨声讲起这些事来却总是淡淡地没有一丝气愤，而他那种似乎是与生俱来的幽默语言和表情又总会令闻者于唏嘘后重新变得开朗。所以后来陈祖芬评价他说："他热爱美术、京剧、雕塑、汉语、魔术，热爱一切值得去爱的事物，根本顾不上去恨。"

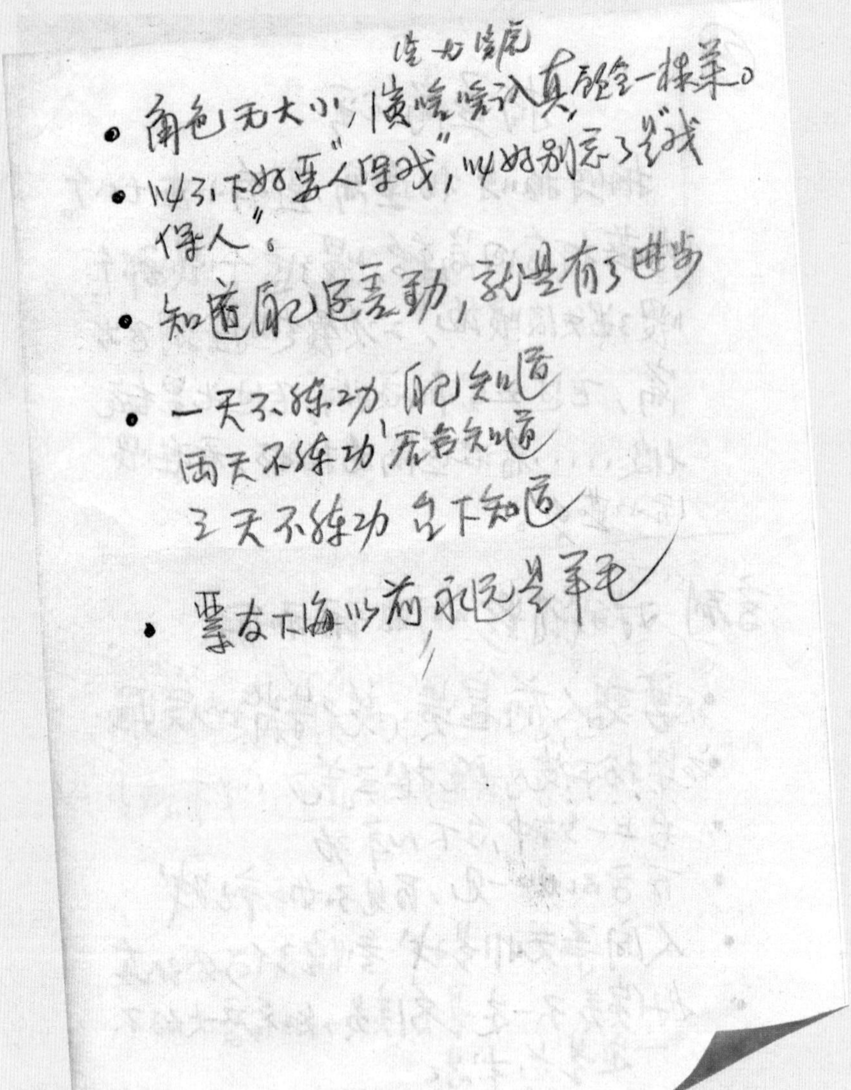
全力以赴
• 角色无大小，演啥像啥认真，都会一样美。
• 以后不要"人保戏"，以后别忘了"戏保人"。
• 知道自己差劲，就是有了进步
• 一天不练功自己知道
两天不练功后台知道
三天不练功台下知道
• 要在大海以前永远是羊毛

重返氍毹

1979—

- “寺左门人”画京戏
- 说戏讲戏上央视
- 古稀之年开专场
- 九十翁彩唱艺惊人

【说俗解戏】

《春秋笔》：这是一出源自于山西梆子的剧目，讲的是一个小人物的悲剧故事，但在表演上却不失喜剧色彩。京剧《春秋笔》从 1938 年问世以来，就是马派的一个经典剧目。剧情为：南朝宋文帝时期遭北魏进犯，史官王彦承与将军檀道济主战，而权相徐羡之却主和。檀道济出征后其妻生女，因想到无子之忧，檀妻命女佣抱女窃换一个男孩儿。恰巧，王彦承的仆人张恩抱着王家小儿在灯棚玩耍，檀家女佣骗换儿女成功。张恩丢了少爷回府请罪，善良的王妻将他放走，并收养了檀家之女。张恩出走后遇见好友陶二潜，陶让张替他去永安驿做驿丞官，以此避难。后来王彦承遭徐羡之诬陷被发配至驿并被追杀，张恩遂替主赴死。王彦承逃走后沿途纠集军粮，而后送至缺粮的檀道济军中。檀军得粮后大败北魏，檀、王二人奏凯回朝。至此，徐羡之获罪，王彦承与檀道济得知换子真相后也各认子女归宗。

总算熬到“文革”结束，李滨声重新回到工作岗位。那时候，虽然传统戏还没有重登舞台，但是在嘴里哼唱几句已不再犯忌了。在这阶段，李滨声开始画戏。他把自己演过的、看过的、知道的那些老戏人物一张一张画下来。画着画着，他往往就比划起几个身段和手势，亮开嗓子唱上几句。

在李滨声看来，画戏固然有许多程式动作可循，但要再现戏的神采就不是件容易的事了。比如，那夸张洗练的动作，绚丽繁复的扮相就很难捕捉，尤其是脸上的戏更难画。所谓“一身之戏在于脸”，画戏也一样。有句杨柳青年画“画诀”说得好：“画中有戏，百看不腻。”所谓“戏”，原意指情节，引申到画戏，自然应该强调的是面部表情。沈蓉圃的《同光十三绝》是李滨声很喜欢的，画中不仅忠实地记录了当时的服装特色，对每位大师的容貌扮相也表现得气完神足。

因为画戏，多年来李滨声结交了许多艺术界的朋友，并从他们那里获益匪浅。李滨声有一枚闲章，印文是“寺左门人”。这枚章虽然他从未钤用过，但其中却有着许多历史的回忆。

印文中的“寺”，是指今美术馆后街昔日曾因其得名的大佛寺；“寺左”指的是漫画、速写、国画一代宗师叶浅予先生的故居，当年恰在大佛寺旁边。“门人”则是指李滨声自己了，意为他曾受教于叶浅予先生。

那还是 1948 年，李滨声带着两本《王先生画传》和一张中国影剧坛最早的笑星汤杰与叶先生的合影照作为“介绍信”，去东总部胡同国立艺专首次拜谒叶浅予。他向叶先生表述了自己从小就喜欢看《王先生画传》，常临摹，还能默写王先生与小陈的基本形象，

【说俗解戏】

《火烧博望坡》：这是出自《三国志》的一个故事。原为刘备投奔荆州刘表后屯兵新野，而曹将夏侯惇、于禁、李典等则领兵驻于博望，两军相持了很长时间。后来刘备使计，令兵将自烧屯营他和赵云伪装撤退，又令关羽、张飞伏兵于道路两旁。夏侯惇不知有诈，遂率兵追杀，终为刘备设下的伏兵所破。刘备赢得了前所未有的第一次全胜。历史上的火烧博望坡之战发生于汉献帝建安七年（公元 202 年），那时候诸葛亮还没有出山。但在京剧《火烧博望坡》中，却出现了诸葛亮的角色，还有张飞不听调遣，关羽为义弟讲情使他幸免惩处的情节，这主要是由于过去艺人对诸葛亮的景仰，因而虚虚实实把这段故事与诸葛亮连在一起。刘备“三顾茅庐”请出诸葛亮是在建安十二年（207），那时距火烧博望坡之战早已过去 5 年。

说着说着，他情不自禁还真画了几笔给叶先生看。叶先生对这个初出茅庐的小青年印象很好。20 世纪 50 年代初，人民日报美术组常于星期天在煤渣胡同召集漫画作者互相观摩画稿，有时叶先生也莅临指导，李滨声从大师那里受益匪浅。所以李滨声后来刻了这枚“寺左门人”的印章，既是对叶浅予先生的怀念，也是自己的一种精神寄托。

李滨声清楚地记得，叶浅予先生在 20 世纪 80 年代初有一次关于如何以笔墨捕捉舞台形象的谈话，当时他引用了《草诀歌》中“意到神需似，体完神亦全”两句作为概括。李滨声认真揣摩这十个字，并努力在画戏中体现。后来他说：“叶先生的教诲对于我画戏是很有帮助的。”

京剧人物画到什么程度才是水平？有一次李滨声和名旦荀慧生先生讨论这个问题。荀慧生说：画戏，别止于情节，因为情节《戏考》都有；也别止于功架姿势，“快匣子”更神通。已画出的“东西”（京剧的表演艺术），要让了解京剧的看了更有领会，不熟悉京剧的看了想接受京剧，这就对了。李滨声青少年时代学过不同角色，更有舞台实践，因此他笔下的京剧人物特色鲜明，内行能从他的画中看出演技，外行看了也会印象深刻。

那些年，李滨声画了不少戏画，喜欢哼的戏画完了，就画看过的戏中印象深刻的。他还按照中国十二生肖排行，把与之对应的老戏画成一组；按照五行相生，把几出剧名字头为金、木、水、火、土老戏排成一组，使得画戏又多了几种不同的表现方式。他画京戏百丑，画三国百图，画自己粉墨饰演过的不同角色，还画自己朋友们演戏时的速写……后来，这些戏画都结集出版，使得李滨声画集中多了几本“京剧卷”。

【说俗解戏】

《火烧裴元庆》：此剧讲的是隋朝末年瓦岗寨起义的一段故事。秦琼带兵攻取临江关，隋将尚师徒向虹霓关守将辛文礼求援，被瓦岗寨大将裴元庆击败。而后辛文礼定计，于坠庆山埋上火药后引诱裴元庆追杀。裴元庆自恃勇猛，孤军入山，被敌人四面纵火而壮烈捐躯。

【说俗解戏】

这是四出京剧传统剧目，均为中国不同朝代中广为流传的文学故事。《金玉奴》的戏本源自《古今小说·金玉奴棒打薄情郎》，讲的是丐头之女金玉奴救了倒卧的穷秀才莫稽，并于婚后伴夫读书促其进京应考。莫稽金榜题名当官后却赶走丈人且凶残地将妻子推入江中，其上司林润救了金玉奴。玉奴在林润相劝下应允与夫和好，但花烛之时却当众痛数莫稽恶行并命丫环对之重责；莫稽的官职后来也因林润参本被革掉。《花木兰从军》是南北朝时期花木兰女扮男装顶幼弟之名替父从军的一段千古佳话。《水月庵》是一出失传的戏，讲的是一个原本正直的老和尚却被妓女诱惑，最后他有所悔悟自行了断的故事。《土番国》是一出小生与旦角为主的戏，讲的是高能与杨仙同两名少年武将前往番营索战，遇见公主赛美人玉宝和赛天仙玉珍。两对少男少女一见倾慕，两公主遂携两位少年武将归营中留宿，而原土番国驸马张天龙则被设计杀死。

60岁的李滨声在《螺蛳峪》中饰演徐鸣皋

20世纪80年代中国文化艺术领域终于解除禁声之后，李滨声再度迎来了自己票戏的春天。他成为最先在中央电视台亮相普及京剧知识的嘉宾票友，继而其颀长的身影穿梭在中国戏曲学院、中央戏曲学院和中国文艺研究院舞蹈研究所，为科班学生专场讲授“京剧脸谱”“京剧造型”和“京剧表演”这些十分专业的课程。他还和王金璐、王世续、王和霖三位梨园名家一起在中央电视台开讲“梨园趣话”的应节戏……最让李滨声兴奋的是，他可以再度披挂重返舞台大过戏瘾。于是，他勾俊脸、着战袍、扎彩靠、蹬高靴，哪一点都不含糊，而在舞台上做出的那些推云手、走圆场、耍花枪、舞大锤更是干净利落，令人一点看不出花甲老人的动作痕迹。

也是从那时起，李滨声走到了一个京剧票友艺术造诣的最辉煌阶段——从那以后每有演出，与他对戏的是专业演员，伴奏的是专业场面，就连给他化妆更衣的，也都是梨园行里有名的人物。在北京的吉祥剧院，李滨声则成为享有专座的特殊嘉宾，为的是便于他边观戏边画速写。

1985 年，李滨声又以一场传统老戏《螺蛳峪》获得了梨园行家的唱彩。

《螺蛳峪》是一出硬靠出手大武戏，饰演徐鸣皋的演员不仅要身着硬靠，背插靠旗，手里还要舞着一对多棱角的大锤。于唱念之暇，“徐鸣皋”不仅要趟马、探山、杀四峪，还要开打火炽，身段动作具有一定难度，对体力要求也很高。所以，梨园中通常敢演《螺蛳峪》的都是年富力强的武生演员。

可令人没想到的是，60 岁的李滨声在舞台上不仅唱腔清晰，腰腿颇见功夫，更是对背后的四把靠旗控制自如，手中的一对锤舞得令人眼前生花。一位票友，在花甲之年还敢演这样难度的大武戏，于是台下的喝彩连连掌声如雷也就是顺理成章之事了。

许多年之后，提起梨园客李滨声，一些在现代京剧界享有盛名的老演员还会脱口就曰：“李滨声，《螺蛳峪》嘛。”可见他当年票演之精彩让众多内行也服气得很。直到 2001 年，76 岁的李滨声还在中国戏曲学院彩唱过这出老戏，那些年轻师生对于这位年逾古稀老人的矫健身手无不瞠目称奇。

李滨声专场演出——在《八大锤》中饰陆文龙

20 世纪 80 年代，李滨声在《穆柯寨》中饰演杨宗保
与他配戏饰演穆桂英的是著名京剧艺术家李慧芳

1995 年 7 月，对于 70 岁的李滨声是一个特别值得纪念的月份。那个月，他先在北京的中国美术馆举办了个人画展，了却了自己作为一个漫画艺术家的夙愿。时隔没几天的 23 日，二喜临门，李滨声又在北京人民剧场举办了“李滨声京剧专场”。

这次演出的剧目为文武双出：武戏《八大锤》由北京京剧院三团助演；文戏《春秋配》则是京剧表演艺术家李慧芳、孙玉祥与他同台合作。这两出戏，一为武戏中的擂台剧目，一为青衣行当的骨子老戏，无论主角配角，哪一出都颇具难度。对于一个梨园之外的票友客，敢以这样的剧目出演专场，自然也就说明了其自身的功底。

李滨声专场演出——在《春秋配》中饰李春华
与李滨声配戏的是李慧芳（饰姜秋莲）和孙玉祥（饰乳娘）

【说俗解戏】

《春秋配》：这原是一部秦腔剧本，由清代陕西籍著名秦腔剧作家李十三编写。李十三本名李芳桂，他曾创作了八部本戏和二部折子戏，民间习惯称之为“十大本”，《春秋配》即为十大本之首。原剧是写书生李春华与姜秋莲、张秋联二位女子的爱情经历，改为京戏后成为一部经典的才子佳人爱情戏。少女姜秋莲父亲在外经商，她饱受后母虐待。一日她随乳母深山捡柴邂逅公子李春华。春华同情秋莲的遭遇并赠银相助，秋莲遂对春华产生爱慕。后母唆使其外甥深夜奸杀秋莲不成反而误杀乳母，于是嫁祸李春华，县官受贿将李春华收监。秋莲连夜出逃寻父鸣冤，巧遇李春华挚友、占山为王的张彦行带领弟兄下山营救李春华。最终蒙冤的李春华获救，并与姜秋莲成婚。

虽然正值北京酷暑，但那一天的北京人民剧场却是热闹非凡，许多老友、同行、学生和晚辈都来观摩李滨声的演出，那些喜爱李滨声戏与画的粉丝更是以获得一票为荣。

锣鼓响起，由李滨声饰演的陆文龙英姿飒爽一亮相，就获得了满堂掌声。接着，锣鼓点由缓至急，70 岁高龄的李滨声居然与各持双锤的四员武将对打。但见台上双枪、大锤舞得如车轮翻滚，其间还穿插出手、反身接等高难动作，而李滨声却举重若轻，潇洒稳健，一招一式都显示出深厚的功底，场上自然也是喝彩与掌声连连。许多与李滨声相当熟识的人都不敢相信，这位年逾古稀的老人家，在舞台上饰演一员武将，身手居然还是那样敏捷。

《八大锤》之后是《春秋配》，李滨声卸了武装改扮书生登场。他扮相儒雅斯文、风流俊秀，一张嘴那唱念更是悦耳动听，别有一番韵味！他下场之后又从侧幕引颈探头的情景，憨中带俏，有若稚童，其诙谐幽默令人忍俊不禁，尤令很多观者多年难忘。

至今，李滨声回忆起那场由剧协主办的演出还是津津乐道。他说，以往登台演出都是自己化妆，但后来京剧的化妆由“水扮”改为“油扮”，由此他便多了一分生疏，再加上年纪大了眼神不济，自己化妆就显得尤为辛苦。这时候，杜近芳的弟子邓敏[1]就成了李滨声的义务化妆师，那天李滨声在京剧演出专场的妆也是她给化的。李滨声还提到，那天台前幕后得到了各方人士的大力帮助，尤其是好友张慕理承揽了许多繁杂的事物。张慕理如今已驾鹤西去，李滨声每每在翻看那些当年的剧照时，都会勾起他对拍摄这些照片的老友的思念。

① 邓敏是中国京剧院二团团长，京剧、藏戏《文成公主》的主演。

【说俗解戏】

《十道本》：又名《宫门带》，故事源自于《隋唐演义》。唐高祖李渊患病，皇子李世民入宫侍疾，当他三更出宫时，却发现兄弟李建成与李元吉与父亲的二个妃子一起饮酒作乐，李世民虽怒但不想与兄弟翻脸，于是解玉带挂在宫门以示警告。李建成见玉带后恐事情败露，于是唆使张、尹二妃向李渊诬告说李世民对她们调戏。李渊闻听大怒，欲立斩李世民，并对所有谏奏的臣子予以贬斥。危急时刻，谏议大夫褚遂良冒死以十道本章保奏并辩明李世民的冤屈，终于换得李渊醒悟，于是李世民被释放，而褚遂良也受到奖赏。

专场演出极为成功，除了掌声与喝彩外，李滨声还得到许多文艺界、美术界、新闻界朋友的祝贺。著名京剧演员高玉倩不仅出席盛会还在之后寄来贺卡，预祝他再有精彩演出。

说起那天的遗憾，也有一个，就是李滨声很想邀请李慧芳的老伴、京剧表演艺术家张玉禅一同留影——在此前的一次演出登台前，张玉禅曾为他的表演做过指导梳理，可谓有师生之谊。但素来追求完美的李滨声深恐自家学艺不精辱没了师傅，犹豫间错失良机，这让他很长时间一直后悔。

有人夸李滨声多才多艺，他笑曰：“艺多不压身，我是样样通样样松。”又有人夸他京剧功底很深，是公认的名票儿。他再笑：“无足挂齿，纯粹是个人爱好、游戏人生。有嗓的时候还能以《叫关》《小显》顶一气，老了塌中，只会以武戏遮丑蒙人。”

虽然自谦自嘲，但李滨声玩起唱戏这个“游戏”的认真劲儿却一点不输内行。他在台上展示的绝不是花拳绣腿，而是经过几十年坚持练就的真本事。那些年，他与刘曾复、朱家溍、欧阳中石这些老票友同台演出，还在春节晚会的大舞台频频亮相。

1988 年新春正值龙年，北京电视台举办的春节晚会中有一场京剧大反串，在这出传统剧目《龙凤呈祥》中，李滨声饰演老生角色的乔玄

【说俗解戏】

《打杠子》：京剧中有一种只由小旦、小生与小丑合演“三小戏”，亦称“玩笑戏”，堪称“京剧小品”。在这类戏中，单以“打”字头的就有《打城隍》《打灶王》《打面缸》《打杠子》等，其中以《打扛子》最为简洁生动。这出戏里只有两个角色，一个是因赌败家穷得叮当响、想劫道发财的刘二混；一个是由娘家归来，赶夜路回婆家的小媳妇。刘二混欲抢劫小媳妇，谁料反被机灵的小媳妇骗过扛子反身打他，并令其脱下衣裤出丑回家。这出戏里唱的“吹腔”很少，主要是念白。

画戏、唱戏之外，李滨声也时常给人“说戏”。

要论“说戏”，那可不是一般梨园内行都能享有的殊荣。这“说戏”两字其实是梨园术语，反映的是至少能教一出戏的某个角色，而且要唱念做打一应皆全。梨园界常有“某出戏是某位老师给说的“之说，指的即是他这出戏受教于某位，而这施教者，不管是内行还是票友，都必须尊称其为师的。

李滨声谦虚，他自言喜欢“说戏”是为了探讨京剧艺术并与戏剧界青年学友相互切磋，或是对“问道于盲”的京剧爱好者普及京剧知识，讲解一些唱念做打的规律程序和写意手法等等……但实际上，他的说戏却是从京戏的剧情、唱腔、身段到脸谱的画法无所不包，甚至还能同时为一出戏的几个角色说戏。这些年，李滨声先后在中央电视台“戏曲知识讲座”节目中讲过“脸谱艺术”和“京剧化装的魅力”，在中国戏曲学院京剧科和中央戏剧学院舞美系讲过“京剧的舞台与表演”及“京剧的色彩、线条与时空”，此外，他还连续为中国艺术研究院舞蹈研究所讲过“京剧中的舞蹈”，介绍京剧中的某些形体动作的舞姿沿革和示范。这些讲座，蕴含着李滨声深厚的京戏功底。

更多的时候，李滨声是给来自全国各地的“内行”说戏，他讲全部《罗成》，讲《白门楼》，讲《螺蛳峪》，讲那些已经几十年无人演过的传统戏，还在中央电视台戏曲频道开播了四十讲的《绝活》。

传统京戏中有一出只有两个角色的小戏叫《打扛子》，绝响舞台几近70年。当初，这出戏是由富连成科班尚未出科的花旦演员李元芳和他的小师弟“韵”字科丑角甄韵福合演的。李元芳出科后拜梅兰芳为师，但尚未搭班演出即病逝；而甄韵福在几年后也意外离世。

【说俗解戏】

《打面缸》：这出戏与《打扛子》相似，也是一出丑角小戏。妓女周腊梅厌恶青楼生活，向县令请求从良。县令将其断与差役张才，却又故意遣张才出差，自己却跑到张家调戏腊梅，其副职和秘书也各怀鬼胎相继出现。孰料张才依从周腊梅之嘱突然回家，县令情急之下藏进面缸，最后被张才夫妇痛打逐出，其副职和秘书也是丑态出尽。

两位“科里红”不幸早逝，也带走了诙谐幽默的玩笑剧《打杠子》，从此这出剧目在各戏班无人上演。当年，李滨声不知看过多少遍李元芳与甄韵福合演的《打杠子》，也凭借其过人的记忆记住了全剧的台词。后来，他在被挨斗时还屡屡默背过这些台词，脑海中也无数次重现戏中情景，待到传统戏重见天日之时，他即把这出戏说给梨园人听，从而才使得这出小戏不绝于历史的烟尘之中。

这样的“说戏”，也促进了李滨声对京剧知识的不断探求，他更从考证中得到乐趣。每当得到戏剧界师友和观众的好评与鼓励时，李滨声都引以为慰。除了授课般的说戏，李滨声对梨园轶事与艺人往事也知之颇多，这都得益于他当年的不分戏码、不计较场次和不论名角与否的那种痴迷于看戏和听戏，正是因为他比别人看得多、听得多，所以经历的场面也就多，而对那些艺人和轶事所知多多也就不足为奇了。

因此，在今天的梨园界，李滨声是一个备受尊崇的寿星佬级人物，他不仅以票友身份成为中国戏曲家协会会员，更被一众梨园名流称之为“戏篓子”。所谓“戏篓子”，那自然是要能知戏懂戏会戏讲戏，而且提到那出都不能含糊，而这正是李滨声所擅长的。一个“戏篓子”的称谓，对于一个梨园之外的票友来说，当是中国京剧界给予他的最高的评价与最无形的奖励——李滨声，当之无愧！

除了京剧，李滨声的魔术表演也相当有水平。李滨声与魔术结缘源于他早年在沈阳街头看过的一次表演，从那时起，聪颖又喜欢琢磨的他就对魔术产生了依恋。于是，他买了一本魔术教材和几件简单的小道具，无师自通地学会了几个魔术节目。不过那时候，他的魔术仅

【说俗解戏】

《滚钉板》：又名《九更天》《马义救主》《弗天亮》。书生米进图由老仆马义陪同进京赶考，途中梦见其兄米进国满身血迹来找他，遂惊醒后急忙返回家中。原来，其嫂陶氏与邻人侯花嘴私通并将进国害死。侯花嘴见进图归来，又把自己的妻子柳氏杀了，将无头尸体摆放在米家门外，进而诬告米进图害死其嫂。县令逮捕米进图，马义代为鸣冤，县令称只有寻得尸头才可以缓刑。为报主人恩惠，马义杀了亲生女儿，但当他割下女儿头颅送官后却遭县令食言。米进图仍被判处斩刑，马义愤而赴京到太师闻郎处控告。闻郎怀疑他诬控，先后以铜铡、钉板等刑罚考验他。见马义坦然以身尝试，闻郎深受感动，于是亲身前往勘察案情。这时刑期已经迫近，在预定行刑的当天，天色久久不明，直至九更天才放亮。这时太师闻郎赶到审明案情，米进图之冤终于获得平反。李滨声曾在此剧中扮演米进图。

仅是唱戏累了后的一种调剂，平时的观众也就是自家弟妹和一些小伙伴。然而到了北京之后，李滨声开始有机会真正上台表演了。1953年，北京日报社举办春节联欢晚会，李滨声牛刀小试获得掌声雷动，从此他的魔术演出愈发不可收拾。

在唱不了京戏的日子里，魔术成为李滨声的另一个业余挚爱。这些年，他陆陆续续地演过“火烧钞票”“砸表还原”“纸牌缩小”“大变活人”和“悬浮术”等相当有难度的节目，至于那些解绳扣、撕报纸之类的小小魔术，对于他就更不是什么难事了。也因为如此，20世纪80年代李滨声被特邀参加中国杂技协会第二次会议，还被选为杂技协会的理事。有了这个身份，他演出魔术的机会更多了，同时也创作翻新了不少自己的节目——带火的“空中取烟”，带水的“七星杯”，改穿短裙的“空中悬人”，打破一个鸡蛋却分出五个雏鸡的“五子鸡”都是他的保留节目，为此他上过北京台的春晚，上过中央台的夕阳红，使得更多的人认识了那个总在《北京晚报》发表漫画的李滨声。

1984年，李滨声受邀参加CCTV春节（初一）的晚会，有人建议他演小品，结果毫无准备的他居然理理思路就现场口述了一个讽刺骑车带人的小品，然后与唐杰忠、郝爱民、李金斗同台演出

【说俗解戏】

《煮酒论英雄》：这是《连台三国》中的一出折子戏，剧情原自著名历史小说《三国演义》第二十一回中的故事。东汉末，曹操挟天子以令诸侯，皇叔刘备为防曹操谋害，每日在后园种菜，关云长和张飞责怪他不留心天下大事。一天，刘备正在浇菜，曹操派人请他入府，刘备只得去见曹操。曹操在亭中青梅煮酒，突然间问刘备当世英雄是谁？刘备装作胸无大志，说了几个人名都被曹操否定。曹操想探察刘备是否想称雄于世，于是说："夫英雄者，胸怀大志，腹有良谋，有包藏宇宙之机，吞吐天下之志者也。"刘备问，那谁能当英雄呢？曹操直白地说："当今天下英雄，只有你和我两个！"刘备听罢吃了一惊，手中筷子掉在地下。正巧，天欲降雨，雷声大作，刘备即从容地拾起筷子，说是因为怕雷才失态落筷。曹操问他，大丈夫也怕雷吗？刘备说，连圣人对迅雷烈风也会失态，我还能不怕吗？经过刘备如此掩饰，曹操终于打消了对他的怀疑。

绘画、京剧和魔术都是需要时间磨练的艺术，有人不解李滨声何以将正业与爱好都练得不同凡响，李滨声笑笑，讲起了一个很多年前他接孙女的故事。

20 世纪 80 年代末离休后，除了画戏票戏，李滨声又多了一个行当：接孙女。孙女小想的学前班只上半天课，每天 10 点半，李滨声必须准时等在学前班门口。接完孙女，李滨声还要给孩子做午饭。小想有个毛病，不爱吃青菜、水果，而且说不吃就一口也不动，弄得全家人束手无策，这让李滨声每次做饭都得费些心思。这天，李滨声想出个新点子：用虾皮拌馅，包素饺子！开饭前，李滨声先念叨了一通：“面和少了，馅也不多，小想只能吃 7 个饺子，不然就不够吃了。”孩子就是孩子，小想果然中计：“不嘛，我要吃 14 个！”结果，她一下吃了 10 多个。这下李滨声又慌了，怕她吃多了消化不良，赶紧又往回说：“饺子好吃，小想也得给奶奶、爸爸、妈妈留几个尝尝，对吧？”乖巧的小想一听，立刻放下筷子不吃了。李滨声心里感叹：教育之道，马虎不得呀！既要让她吃饱吃好，又得让她有顾及别人之心，这分寸还真不好把握呢。

李滨声笔下的小孙女

【说俗解戏】

当阳桥：当阳桥又名长坂坡，位于湖北省，是是著名的三国古战场遗址。东汉建安十三年（208 年），刘备手下士兵仅有三千，难抵曹操大军。刘备打算撤到江陵却又不忍丢下百姓，因此只能拖老携幼日行十几里路，导致曹军在长坂坡追上刘军。其时，刘备眷属失散，赵云冒死救出阿斗，但到当阳桥时却无力对付敌兵。危急关头，幸好张飞出现，他手绰蛇矛立马于桥上大喝道："燕人张翼德在此，谁敢来决一死战。"张飞身材魁梧声如巨雷，接连三声怒喝，居然将曹将夏侯杰吓死，曹操也由疑到惊继而惧怕，不得不撤兵逃窜。京剧《甘露寺》讲得就是这段故事，其中的唱腔"当阳桥头一声吼，喝断桥梁水倒流"更是借乔玄之口赞叹了张飞在长坂坡单人独马喝退曹兵的英雄气概。

睡过午觉，李滨声免不了要和孙女一起做游戏，还要督促她做作业。如此忙忙活活，李滨声有时忙得连晚饭也顾不上吃，又要抬脚赶往剧场去看京剧。每次看完戏，他并非回家就休息，而是还要抬腿挥臂练上一会儿武功动作，就算偶尔耽搁，次日也要“拉晚儿”把它补上。俗话说，只要功夫深，铁杵磨成针，几十年来李滨声就是这样忙里偷闲练着他的京剧与魔术，这即是他以一个票友能够开京剧演出专场和以一个业余爱好者能够成为中国魔术协会会员的秘诀。

身为漫画家、民俗学家与20世纪末的京剧名票，李滨声除了舞台表演，还在文字与丹青方面对京剧贡献不俗。他与李舒、朱文相合著的《叶盛兰与叶派小生艺术》一书，内中全部《罗成》的总讲都是根据他当年的“捋叶子”还原，这是李滨声对京剧传承的最大贡献。

他还写下不少关于京剧典故、忆旧的文章，除了出版《李滨声画集》《李滨声画戏》等八本画册外，也曾出版过《我的漫画生涯》与《拙笔留情》两部随笔。他担任过中国首届票友大赛的评委，还以票友身份成为中国戏剧家协会的会员，此殊荣令许多梨园人士也羡慕不已。

李滨声曾说这辈子要圆自己的三个愿望：办个人画展、演京剧专场、再出一本自己与京剧渊源的图书。他的前两个愿望早在70岁那年即陆续实现，如今，年届90高龄的李滨声又圆了自己的第三个愿望，剩下的，就是他对京剧的那份不舍之情了。

住进老年公寓，李滨声离朋友圈远了。每每来了客人，他都喜欢侃上一段和京剧有关的故事，这其中既有幸运，也有遗憾。他会回忆起60年前由老舍牵头的那台《群英会》，以及同台出饰演鲁肃、孙尚香的王雁与袁韵宜，这二者后来都成为令人尊敬的京剧编导。

【说俗解戏】

《古城会》：这是一出京剧经典剧目，剧情源自《三国演义》“斩蔡阳兄弟释疑，会古城主臣聚义”一回。曹操夺取徐州，刘、关、张兄弟三人失散。关羽被围于土山后张辽前来说降，并与其三事订约方允许他带着两嫂暂归许都。关羽为寻兄一路过关斩将，至古城时却被张飞怀疑他投降曹操。关羽与两嫂再三解释，张飞依旧不信。曹将蔡阳领兵追杀关羽，张飞却认为关羽勾引曹兵来攻古城。关羽请张飞擂鼓助威而后力斩蔡阳，张飞方释疑迎接关羽与两位嫂嫂入城。

有时，他也会聊起与著名配音演员白景晟①的一段舌战。当初白景晟对京剧不甚理解，曾对京剧的艺术含量提出一连串质疑，而李滨声则用从谢添那里学来的一点电影术语“定格”“画外音”“内心独白”等，结合具体剧目细细加诠释，终于令白景晟转变了对京剧的看法并从此对看戏颇有兴趣。因为有此插曲，李滨声即自称为“京剧的卫道士”。此后，他在电视台开播的京剧知识讲座中讲了“脸谱”和“绝活”的系列课，还诙谐地自称是“羊毛说戏”。

但李滨声心头也藏着一件撼事，每每谈起就让他拍头自责：当年梅兰芳的艺术顾问、嗜戏如痴的著名金石学家朱家溍曾邀他一同出演《九龙山》，但李滨声不会这出戏，当即“没学过”三个字就脱口而出。当时在座的著名脸谱大师刘曾复即表示可以给他说说此戏，并大体讲解道：“就是一百单八枪，没有幺二三……”要说李滨声从心里愿意和朱家溍同台唱上一出，可惜他太瞻前顾后，生怕以“钻锅”之技上台唱砸了，所以这件事就撂了下来。没承想，朱家溍于 2003 年 9 月以 90 岁高龄在北京溘然长逝，这使得当年 78 岁的李滨声后悔莫及。没有领会朱家溍相邀的意图，错失了与一代大师同台并领受提携的机会，这成了他一辈子挥之不去的遗憾。

让李滨声感到幸运的是，在 2011 年夏天，他圆了自己的另一个心愿，前往探望已经十几年不曾谋面的跨界奇人——以生物学为职业的老戏骨刘曾复，此时刘老先生已是 97 岁的高龄。聊起京剧，两位髦耋老人有着说不完的话题，他们聊着老戏，忆着老人，唱着

① 白景晟曾为《列宁在十月》《革命摇篮维堡区》《风从东方来》等十几部影片中的列宁配音，还曾为《难忘的 1919》《斯大林格勒大血战》《流浪者》等上百部译制片中的主要角色配音；还担任《我的大学》等十几部译制片的译制导演。

李滨声画戏《连台三国》之《古城会》
张飞知道错怪了关羽，见到长兄刘备后跪拜请罪

86 岁的李滨声与 97 岁的刘曾复一起谈戏

老戏词……回忆起曾经同台演出的快乐日子，刘曾复还起身做了几个身段。此后不久，刘曾复老人即卧病在床，并于次年春天去世。

这是李滨声最后一次见到刘曾复，这次见面给他留下极为深刻的印象。

时光进入 2015 年，李滨声自己也年届 90，虽说很少有粉墨登场的机会了，但他仍把练功舞锤当成爱好。在他的房间里，两只沉甸甸的大锤和一柄高及眉宇的槊依墙而立，闲来李滨声总要把它们抓在手上，一招一式耍得极为认真。这对于他，既是坚持多年的爱好，也是在锻炼身体。

至今，90 高龄的李滨声还可以张口就来，不打一点磕绊地唱念自己曾经学过、演过的很多唱段和道白，那百多出戏的不同角色

89 岁李滨声的《长生殿》剧照
杨玉环的扮演者为幺秋

仿佛都装在他的心中，提起那个都是一连串的唱、念和与之相关的一段故事。正因为如此，中国戏曲学院附中才会请李滨声到校录制全部《罗成》总讲，而 90 岁的李滨声宝刀不老，居然可以彩装扮相，说场子说身段，还能详详细细地讲开打。

乐享晚年之后，没有重要事情的日子，李滨声每天都要抽出一个小时练习书法——他从不临帖，每张纸写得满满腾腾密密麻麻，从头至尾都是默写的戏词儿——京戏对于这位耄耋老人来说，已经成了生活中最不可分离的一部分，毕竟他与京戏结缘已经临近 90 年。

可以毫不客气地说，李滨声是目前这个世界上与京戏结缘最久、唱得时间最长、而且可以反串角色最多的一位京戏传承者，虽然他从来都不是梨园中人。但他却是中国迄今健在的惟一进过传统票房的真正票友，是一位能唱能演能画能讲京戏的跨界奇人！

梨园客李滨声的名字，在中国京剧的史册上将留下深深印痕。

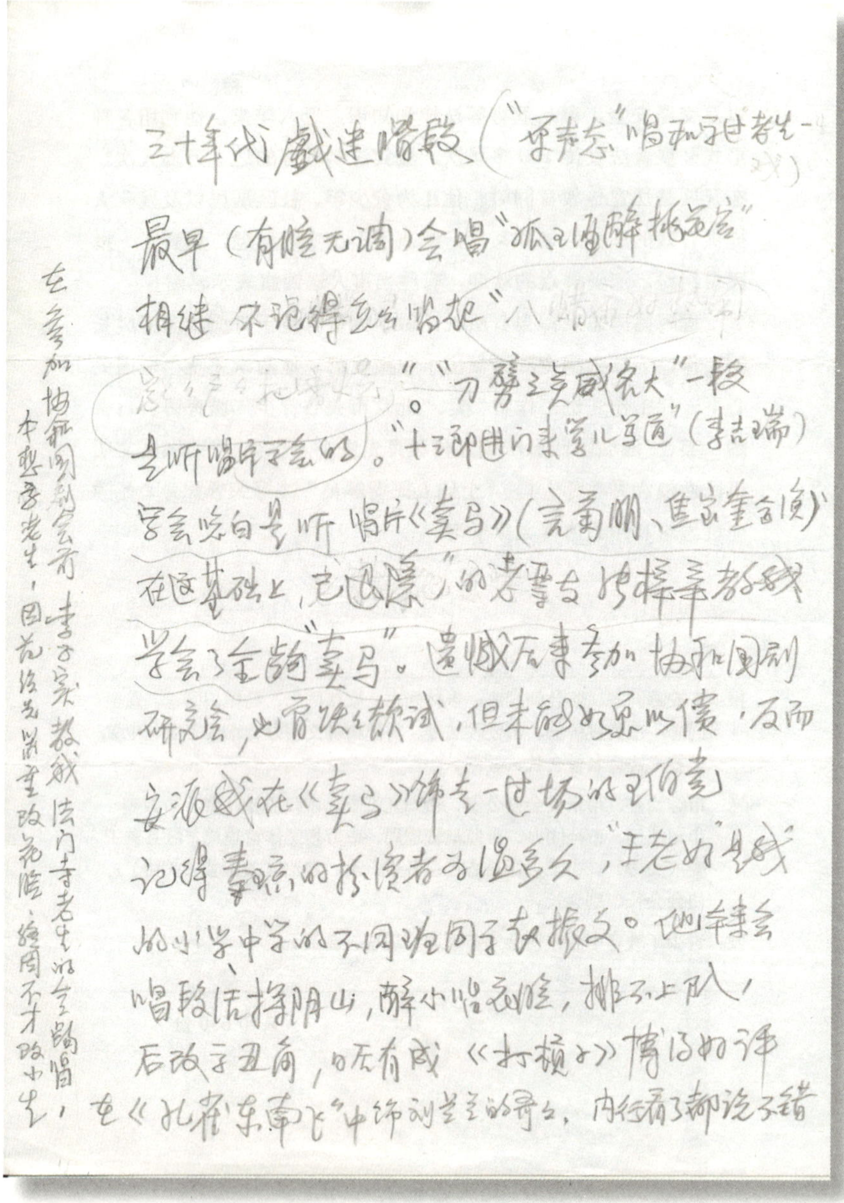

三十年代戏迷阶段（"学老生"唱和于世者先一戏）

最早（有腔无调）会唱"孤王酒醉桃花宫"

相继 不记得怎么唱起"八[illegible]"

"刀劈三关威名大"一段

是听唱片学会的。"十三郎进门来学儿学道"（李吉瑞）

学会念白是听唱片《卖马》（言菊朋、焦宝奎合演）

在这基础上，先由"说谎"的李雪芳特择来教我

学会了全出"卖马"。遗憾后来参加协和国剧

研究会，也曾跃跃欲试，但未能如愿以偿，反而

安排我在《卖马》饰去一过场的王伯党

记得李琮的扮演者为温多久，"王老奶"是我

的小学、中学的不同班同学赵振文。他本来会

唱段法场阴山，醉小唱花脸，排不上队，

后改学丑角，听有我《打槓子》博得好评

在《孔雀东南飞》中饰刘兰芝的哥哥，内行看了都说不错

左参加协和国剧会前，李子宾教我法门寺老生的全部唱，本想学老生，因为缺少净角，改花脸，结果不才改小生，

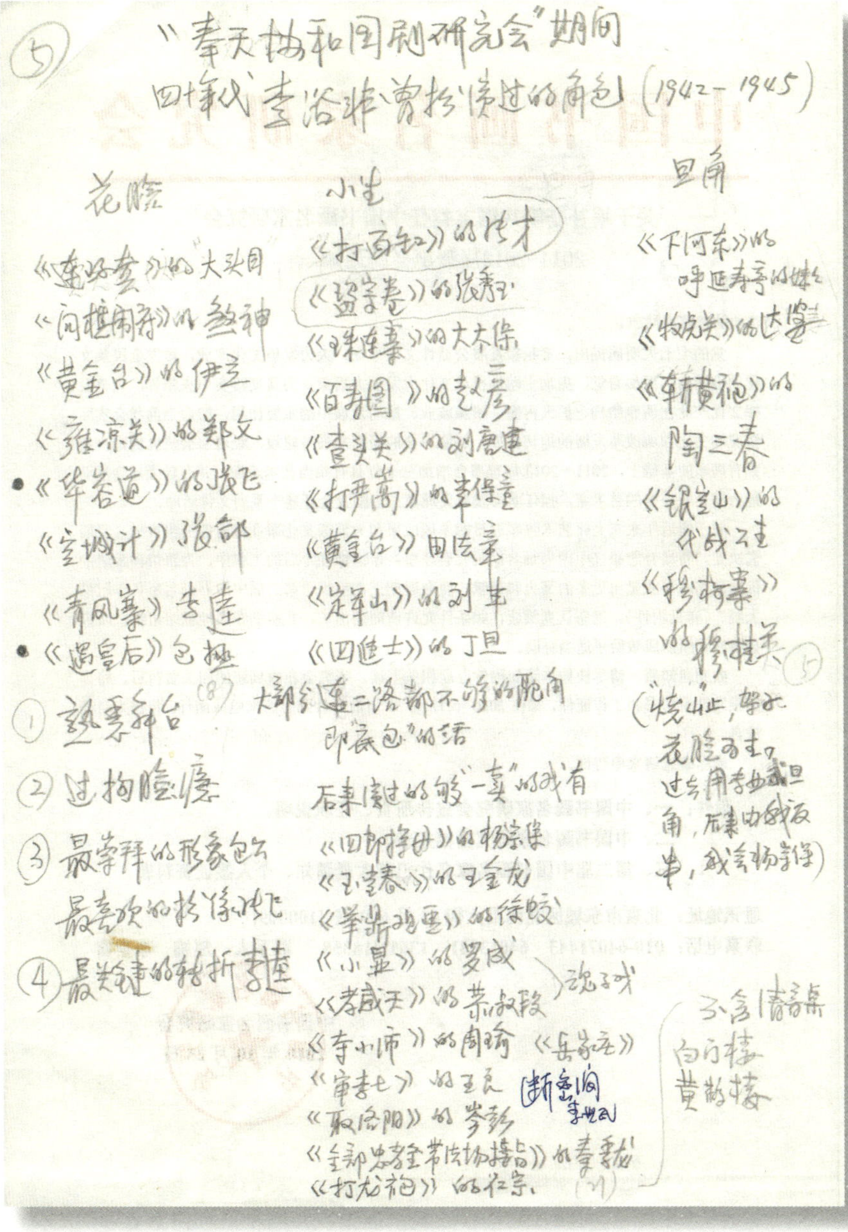

⑤ "奉天协和国剧研究会"期间

四十年代李浴非曾扮演过的角色（1942—1945）

花脸

《连环套》的"大头目"
《问樵闹府》的煞神
《黄金台》的伊立
《雍凉关》的郑文
• 《华容道》的张飞
《空城计》张郃
《青风寨》李逵
• 《遇皇后》包拯
（8）

① 熟悉舞台
② 过拘脸瘾
③ 最崇拜的形象包公
最喜欢的扮演张飞
④ 最关键的转折李逵

小生

《打面缸》的张才
《盗宗卷》的张秀玉
《珠帘寨》的大太保
《百寿图》的赵彦
《查头关》的刘唐建
《打严嵩》的常保童
《黄金台》田法章
《定军山》的刘封
《四进士》的丁旦

大部分连二路都不够的配角
即"底包"的活

后来演过的够"一卖"的戏有
《四郎探母》的杨宗保
《玉堂春》的王金龙
《举鼎观画》的徐蛟
《小显》的罗成 ）说子戏
《孝感天》的共叔段
《夺小市》的周瑜　《岳家庄》
《审李七》的王良　断密涧 李世民
《取洛阳》的岑彭
《[illegible]》的李季龙
《打龙袍》的仁宗
（7）

不会情节
白门楼
黄鹤楼

旦角

《下河东》的呼延寿亭的妹妹
~~《牧虎关》的达宝~~
《斩黄袍》的陶三春
《银空山》的代战公主
《穆柯寨》的穆桂英
⑤
（"烧山"止，学了花脸再生，过去用李世成旦角，后来由我反串，戏名杨宗保）

梨園客李演學

后记

和李滨声老师的相识，得缘于我的大学同学张虹。2004 年，我写了一本关于北京的史话图书《游北京逛西老城》，其时出版社希望能有位对老北京了解甚多的文化名人为其写序，并提到了李滨声老师——因为他不仅是漫画家，还是北京有名的民俗学家。恰好，同学张虹不仅与李老师在同一报社供职，而且还是李府熟客，得于她的引荐，我才有机会登堂入室向李老师求序。

李滨声老师博学多才且平易近人，他对待工作之认真态度更是令我感动。是年，80 高龄的李老师不仅很快通读完了我的两部书稿，而且欣然提笔为之做序，字里行间，则洋溢着他对自己住过多年的北京西城的那份情感。因此机缘，以后我即得以经常与张虹一同探访李老师，每有新书出版也必向他交上一份“作业”，十多年来与老人家相见并聆其赐教之次数早以难计，而李滨声老师的博闻强记与乐观幽默更是给我留下深刻印象。

这许多年，出于对李老师的敬重，我都有想给他写一本传纪的冲动。但考虑到李老师自己出版过《拙笔留情》和《我的漫画生涯》两本个人生活散记，再写新传恐怕内容相当重复，而且李老师对历史曾经留下的某些伤痕不愿过深触及，于是我每每又强迫自己把写作的冲动咽了下去，只是在期刊上为李老师撰过一两稿小文而已。

2010 年，我着手创作《票友春秋》一书，这是一本关于京剧票友史话的非虚构作品，其间涉及到当代一些著名票友。因早前在与李老师的交往中闻听过他的一些往事片段，知道他是一位真正在票房中学过艺上过台并以私俶叶盛兰先生而唱红北京的著名票友，于是李老师当仁不让地成为我希望在书中展现的一位重要人物。与李老师谈及，他很高兴地支持我的写作，还特意为尚未杀青的书稿画了一幅旧日票房的白描，这让我十分感动并深受鼓舞。是年9月，我对李老师的正式采访列入日程，并着手撰写出采访题纲。此时，负责《票友春秋》的那位编辑朋友建议：你何不就此时机深入采访一下，写完《票友春秋》再写一本关于中国真正票友的人物传纪。

朋友的建议让我再度涌起给李老师写书的欲望，而且我也意识到，如果不把李老师这样一位颇为了解票房与京剧的著名梨园外戏剧大家的真实经历记录下来，将是对中国票友史话的一个损失。经过仔细思考，我策划出以“票友”和京剧这个主线贯穿于这本独特视角的传纪作品之中，当时暂名为《票友李滨声》，并得到了李老师的首肯。

鉴于闺密友谊和李老师多年来对她的鼓励，我提议张虹同学也参与到这部作品中来，如此既让我们多年来的友谊有一个漂亮的展现形式，也是对这许多年李老师给予她鼓励的一个完美交卷。考虑到两人的写作经验和工作进度差异，我们当时的分工是：由我撰写书稿正文，由张虹给李老师的旧日照片和画稿配写说明。后来，考虑到要将李老师的照片和画稿扫描，张虹又邀请了她的同事苏景华女士与之配合——苏的丈夫时在北京日报摄影部供职，有较好的扫描条件。

于是，在一个寒风凛凛的秋末，我们开始了定期去李老师居所采访和听故事——他居住在远离市区的老年公寓，每次往返都要花费几个小时。

那是一段值得回忆的愉快日子。每次，李老师都是早早地准备好茶和小吃等待我们，然后就按照我上一次留给他的题纲滔滔不绝地道出一串串的故事。李滨声老师的记忆确实惊人，对于那些几十年前的往事，常常，他不仅清楚地记得当事人姓名、事件，甚至连某天是星期几、天气如何都记得一清二楚，说出来每每令我惊叹。最令人兴奋的是，当讲到那些学戏唱戏的故事时，李老师则是唱念皆上。他或是一口作气吟出一长段念白，或是手弹桌板哼出一大段唱腔，那种陶醉于京剧之中的情感与乐趣，远不是三言两语所能描述的。及到高度兴奋之处，老人家还会拿起放在屋角的道具比划几个漂亮的身段，想若不是屋里空间太小，他或许讲着、唱着还会经常来几个精彩的动作呢。一个年近九十的老人能有如此的深刻记忆与不凡身手，真真令人既佩服又羡慕。

采访之余，李滨声老师也经常给我们变点小魔术，亦送我们一些带着他画作烙印的小礼品或者干脆就是他的亲笔画作，这每每既令我们欣喜，又令我们感激。正式采访结束了，但李滨声老师的故事似乎永远也讲不完，于是后来请他看书稿、给他送书，就连年节去探访的时候都成了“补充采访”。在李老师那里听故事的过程中，我感到自己仿佛年轻了，内心深处也暗自发誓，必须写好这本书。

然而，这本书的写作和定稿却颇费时日。这首先在于，采访完成后我并没有就这部书稿动笔，那时候我的主要精力都放在《票友春秋》的创作上，那里面有关于刘曾复、吴小如、李滨声、欧阳中石等几位梨园之外戏剧大家的记述，继续采访另外几老与完成全部创作都花费了不少时间。直到 2011 年 8 月，《票友春秋》基本杀青，与此之时，基于刘曾复先生与李滨声老师的心愿，我和朋友努力促成了两老的最后一次会面，而后我才动笔写了《票友李滨声》的前两章——童年时代和票房时期的草稿。

我原计划等《票友春秋》付梓即全力投入《票友李滨声》的写作，但 2011 年秋天却突遭意外——某种据说是五十万分之一的疑难病症“荣幸”降临，于是住院、转院……随之奔波于各大医院之间急待确诊成了生活中的常态，写作的事自然是顾不上了。因为那时候有医生预言不佳，也有医生提出我需要接受化疗，这让我不能不顾及到诸多未竟之事，其中考虑最多的就是尚未完成的《票友李滨声》书稿——我特别怕自己一卧不起无法顺利完成这部书稿，那就太失信于李老师了。

还好，由于上帝的眷顾，我的病情趋于稳定。于是在 2012 年秋天再度续写，以三个月时间完成了撰写李老师京剧缘的这部书稿，此时已值 2012 年岁末！

而后，考虑到多种原因，我于 2013 年初变换思路并写出样章，获得李老师肯定，于是图书才有了现在这样将人物传记与文化诠释相结合的体例。我以为这样能令不同年龄段的读者在阅读这本以著名京剧票友李滨声为主线的图书中能对传统文化和京剧剧目了解更多，这样也便于加深理解李滨声老师的京剧艺术才华，同时亦省却了在正文中对这些内容的铺陈，而阅读时却不会感到对这些文化不解的迷惑。

2013年春季，因我出国探亲，书稿的杀青梳理再次被搁置，直到夏末秋初重新动笔，才于10月份拿出完整稿件交给李滨声老师审阅。随后，伴着选择李老师的画稿及版式设计，一次次文字修改不可避免，而最后书稿定名为《梨园客李滨声》也是考虑到“梨园客”即是李老师多年来画戏时使用的一个笔名，也能更形象地浓缩出他多年与梨园结缘的经历。

原本希望与张虹同学共同署名此书，以此作为我们向李滨声老师九十寿年献上的一份薄礼，但由于诸多原因，这个愿望最终落空——这于我，颇感惋惜。

一本图书的出版需要许多人的共同扶持。在此，感谢我的同学张虹和苏景华女士，她们不仅和我一起享受了去李老师那里“听故事”的全过程，且与我一起分担了将李老师审改文句加入书稿的工作；感谢苏景华女士的丈夫叶用才先生和张虹同学的丈夫刘勇先生，他们二人都曾拨冗帮助扫描了李滨声老师的部分照片与画稿；感谢李滨声老师的孙女李想，是她在图书进入设计阶段后承担了扫描工作，这部图书的大部分李老师画稿都是由她扫描的；感谢泠风工作室的诸位老师与同仁，在画稿复原与调色过程中付出了极大的艰辛和努力，这三个星期的工作成果有目共睹。

最后，要特别感谢社会科学文献出版社，贵社的独具慧眼不仅使得《梨园客李滨声》能够顺利付梓，而且还有了彩色印刷的线装版，这真是出乎我的意料并为之欣喜。感谢该社人文分社的宋月华社长及诸位编辑，是你们的精心策划与精编精校使得《梨园客李滨声》成为记载中国京剧文化鲜活一笔的珍贵史料。感谢大家，也感谢读者朋友的支持！

愿《梨园客李滨声》能为中国的京剧票友史留下一份史料，也为李滨声老师的晚年生活增添一缕快乐！

泠风

2014年8月29日落字

2014年9月9日再改于京北陋室归去来坊

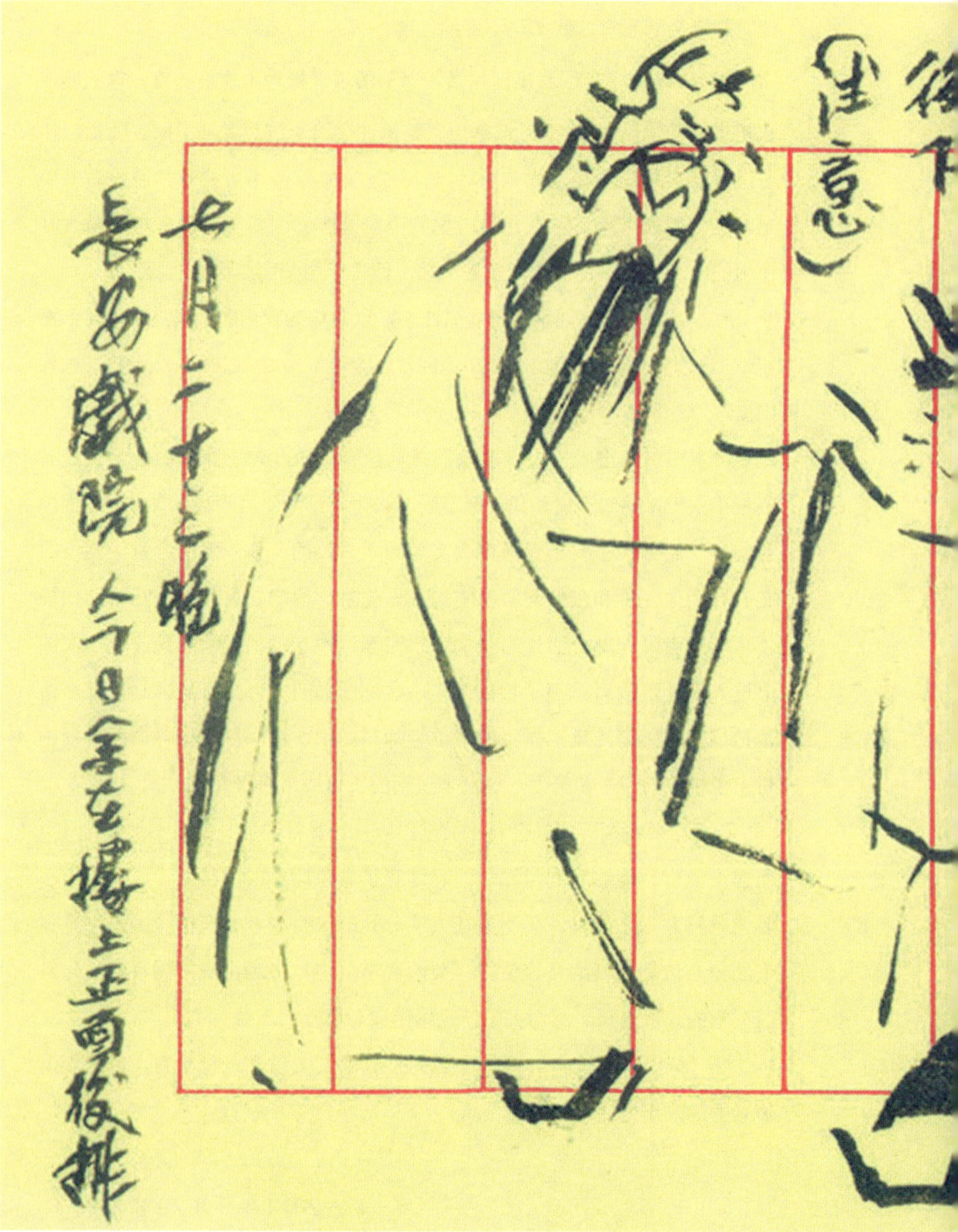
(注意)
七月二十七日晚
長安戲院 今日(午在樓上正面後排

探、天軍唱辭別千歲歸
拔道時施禮急唱頭
倫側隨後起身後居
撩打躬……
李世民下場
丂二場下
大鑼

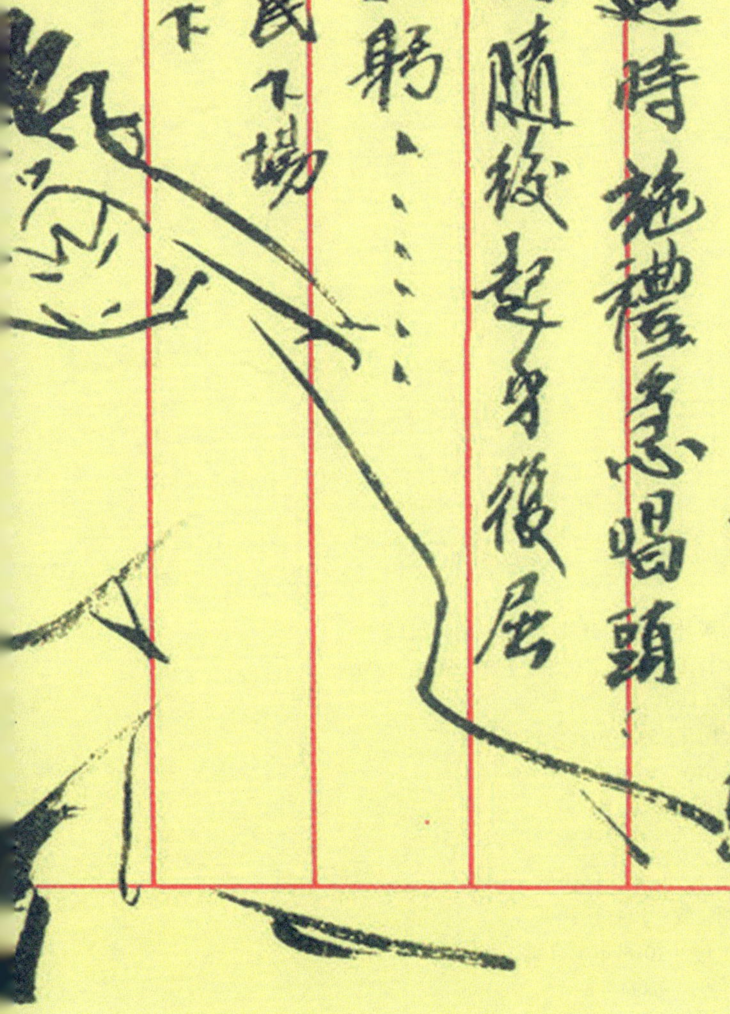

图书在版编目(CIP)数据

梨园客李滨声/泠风著．—北京：社会科学文献出版社，2015.1

ISBN 978-7-5097-6884-6

Ⅰ．①梨…　Ⅱ．①泠…　Ⅲ．①传记文学-中国-当代　Ⅳ．①I25

中国版本图书馆CIP数据核字（2014）第289544号

梨园客李滨声

著　　者／泠　风

出 版 人／谢寿光
项目统筹／宋月华　杨春花
责任编辑／周志宽　候培岭

出　　版／社会科学文献出版社·人文分社（010）59367215
地址：北京市北三环中路甲29号院华龙大厦　邮编：100029
网址：www.ssap.com.cn
发　　行／市场营销中心（010）59367081　59367090
读者服务中心（010）59367028
印　　装／北京盛通印刷股份有限公司

规　　格／开　本：787mm×1092mm　1/16
印　张：12.5　字　数：134千字
版　　次／2015年1月第1版　2015年1月第1次印刷
书　　号／ISBN 978-7-5097-6884-6
定　　价／89.00元